티끌 쓰기

깨달음의 나눔

심순섭

티끌 쓰기

지은이 심순섭
초판발행 2024년 3월 28일

펴낸이 배용하
책임편집 배용하

등록 제364-2008-000013호
펴낸 곳 도서출판 대장간
www.daejanggan.org
등록한 곳 충청남도 논산시 가야곡면 매죽헌로1176번길 8-54
편집부 전화 (041) 742-1424
영업부 전화 (041) 742-1424 · 전송 0303 0959-1424
ISBN 978-89-7071-665-7 03810

분류 수필 | 철학 | 기독교

값 15,000원

차례

프롤로그

성장하지 않는 것은 퇴보하는 것이다. 현상유지란 성장과 퇴보가 반복되는 과정에서 나타나는 것이다. 일보 전진과 일보 후퇴를 반복하면 그것은 현상유지로 나타난다. 가만히 있는 다는 것은 아무 것도 하지 않는 것이므로 어떠한 성장도 기대하기 힘들다. 그러므로 그것은 완전한 퇴보이다. 최소한 퇴보하지 않으려면 뭐라도 해야만 한다. 그래야만 최소한 현상유지를 할 수 있을 것이다.

내게 글을 쓰는 것은 내게는 성장을 위한 작은 몸부림이다. 이것이라도 하지 않으면 어딘지 모르게 도태되고 있다는 느낌을 갖게 된다. 매일 반복되는 일상이지만 글을 쓰다보면 새로운 관점을 느끼게 된다.

"싫증을 느끼는 이유는 자신의 성장이 멈췄기 때문이다. 좀처럼 간단히 손에 넣을 수 없는 것일수록 간절히 원하는 법이다. 그러나 일단 자신의 것이 되고 얼마간의 시간이 흐르면 쓸데없는 것인 양 느껴지기 시작한다. 그것이 사물이든 인간이든 마찬가지다. 이미 손에 넣어 익숙해졌기에 싫증이 난다. 그러나 그것은 자기 자신에게 싫증나 있는 것이다. 손에 넣은 것이 자기 안에서 변하지 않기에 질린다. 즉 대상에 대한 자신의 마음이 변하지 않기 때문에 흥미를 잃는다. 결국 계속해서 성장하지 않는 사람일수록 쉽게 싫증을 느낀다. 오히려 인간으로서 끊임없이 성장하는 사람은 계속적으로 변화하기에 똑같은 사물을 가지고 있어도 조금도 싫증을 느끼지 않는다."[1]

성장하는 사람은 동일한 것이라도 새롭게 느낄 수 있다. 어렸을 때 엄청 큰 길이라고 느끼던 곳을 장성한 후에 가 보면 너무나 좁았다는 것을 깨닫게 된다. 길은 그대로인데 내가 성장함에 따라 길은 다르게 보이는 것이다. 어떤 대상이 익숙해졌기에 싫증이 난다면 그것은 자신이 성장하지 못하고 정체되었다는 증거다.

삶에 싫증을 느끼지 않기 위해서 우리가 할 수 있는 방법은 두 가지가 있다. 첫 번째는 앞에서 살펴본 바와 같이 자신을 변화시키는 것이고 두 번째는 늘 새로운 것을 획득하는 것이다. 지금 가지고 있는 것에 싫증을 느낀다면 그것을 버리고 또 다른 것을 얻으면 된

1_ 프리드리히 니체 저, 시라토리 하루히쿠 엮음, 박재현 옮김, 『니체의 말』, 서울: 삼호 미디어, 2013, p.97.

다. 그렇게 계속해서 대상을 바꿔가면서 새로움을 느끼는 것이다. 그러나 이것은 그만큼 많은 비용을 지불해야 한다는 점과 그것에 적응할 시간과 노력을 기울여야 한다는 점에서 어려움이 있다.

아무것도 하지 않고 허송세월을 하는 것에 대한 막연한 두려움과 성장에 대한 욕망 때문에 티끌쓰기를 시작한지 20년이 다 되어가고 있다. 모닝 페이퍼는『아주 특별한 즐거움』이라는 책에서 처음 접했다. 눈을 뜨고 잡생각이 끼어들기 전에 뭐든 쓰기 시작하는 것이다. 그렇게 매일 세 쪽씩 쓰다보면 뭐든 쓸 수 있게 되겠다고 생각했다. 나는 이것을 티끌쓰기라고 한다. 티끌모아 태산이 되지는 않아도 눈에 보이지 않던 것이 눈에 보이는 정도까지는 만들어 주었다. 그리고 일상의 소소한 깨달음을 잡아내어 글로 써보는 티끌쓰기를 페이스 북에 선보인지 10년이 되었다. 되돌아보면 읽기 부끄러운 글들이지만 읽는 이로 하여금 용기를 내어 글을 쓸 수 있게 되리라는 생각에 별다른 수정 없이 처음 썼던 그대로 수집하였다.

완벽한 글을 쓰겠다고 다짐했다면 이런 책은 애당초 세상에 내놓지 못했을 것이다. 그러나 한 사람의 글이 어떻게 성장해 가는지 그 과정을 보여줄 수 있다는 측면에서 의미가 있다고 생각했다. 나의 어설픈 글들은 이렇게 탄생했다.

매일 매일 신선한 생각들은 수면위로 떠올랐다가 가라앉기를 반복한다. '어쩌면 이렇게 좋은 생각을 할 수 있을까?'하는 것들도 어떤 특별한 순간보다는 일상 속에서 나타날 때가 많다. 훌륭한 작가는 하루아침에 만들어지는 것은 아니다. 꾸준한 습작은 한 사람을 작가로 만든다. 우리는 '글을 써볼까?' 생각만 할 뿐 실행할 엄두를 내지 않는다. 그렇기 때문에 글은 써지지 않고 훌륭한 생각은 머릿속에만 머물게 된다.

사람은 자기만의 소중한 보물을 품고 태어난다. '나 같은 건 아무것도 아니야'라고 생각할 수도 있겠지만 정말로 아무것도 아닌 사람은 없다. 『샬롯의 거미줄』에서 아기돼지 윌버의 말처럼 '아무것도 아니다'는 것은 정말 아무것도 없다는 것이고 이 세상에 있는 이상 아무것도 아닌 것이 될 수는 없는 것이다.

나에게 무엇인가 있다면 그것을 갈고 닦아서 많은 사람 앞에 빛나게 할 수 있다. 모든 돌은 보석이 아니다. 그러나 보석은 무수한 돌들 중에서 나온다.

여행 1

집 떠나면 고생이라는 말이 있다. 아무리 좋은 숙소도 내 집만 못하고 산해진미도 계속 먹으면 질린다. 하지만 집 밥은 1년 365일 먹어도 질리는 법이 없다. 그럼에도 여행이 즐거운 것은 그 기간이 정해져 있기 때문이다. 여행을 하는 동안에는 아무런 걱정이 없다. 직장에서 받는 스트레스도 없고 내일을 계획할 필요도 없다. 다만 하루하루를 즐기면 그만이다.

> "그러므로 내일 일을 위하여 염려하지 말라. 내일 일은 내일 염려할 것이요. 한 날 괴로움은 그날에 족하니라."[2]

이것은 여행자에게 꼭 필요한 말이다. 내일을 염려하느라 오늘을 즐기지 못한다면 여행을 떠난 의미가 없을 것이다. 평생에 그곳을 다시 갈 수 있을지 알 수 없는 노릇이다. 그 장소를 느낄 수 있는 유일한 기회를 내일에 대한 걱정 때문에 날려버린다면 그것처럼 어리석은 일은 없을 것이다.

---

2 _ 대한성서공회, 『개역개정 성경』, 마태 6:34

그러나 여행이 끝없이 계속된다면 그것은 더 이상 즐거운 것이 못된다. 여행자에게 돌아갈 집이 없다면 우리는 그를 부러워하기 보다는 불쌍하게 볼 것이다. 결혼하지 않은 사람은 자유롭지만 우리가 그를 불안하게 바라보는 이유는 그에게는 돌아갈 가정이 없기 때문이다. 그는 늘 혼자이고 마음의 안식을 누릴 처소가 없다고 우리는 걱정한다.

직장이 지겨운 이유는 그곳을 무한정 다녀야 한다고 여기기 때문이다. 우리는 일상적으로 해볼 수 없는 것을 한 번 경험하는 것을 체험이라고 한다. 하지만 얼마나 체험해야 그것의 진가를 느낄 수 있게 될까? 분명 한번 해보는 것만으로 제대로 된 체험을 했다고 말할 수는 없을 것이다. 최소한 그것이 익숙해 질 때까지 해보았을 때 비로소 어느 정도 체험했다고 말할 수 있을 것이다.

직장을 오래 다닌 사람도 자기 분야를 제대로 알고 있다고 자부할 수 있는 사람은 많지 않을 것이다. 대부분의 직장인들은 그것을 체험하기 보다는 돈을 벌기 위한 수단으로 삼고 있다. 직장에 출근하는 것은 퇴근하기 위해서이다. 학생들이 수업에 출석하는 것은 그야말로 출석부에 자기 이름을 남기기 위해서이다. 이런 자세로 무엇을 제대로 체험할 수 있을까? 이렇게 직장을 다니고 학교를 다닌 사람은 퇴직 하거나 졸업 한 후에야 그곳에서 제대로 시간을 보내지 못했음을 한탄하며 후회한다.

인생을 괴롭게 여기는 것은 그 끝이 없어 보이기 때문이다. 군대에 막 입대한 신병은 군 생활의 끝이 보이지 않기 때문에 막연한 불안감에 싸여 지낸다. 그러나 말년 병장은 이제 곧 끝난다는 것을 피부로 느끼기 때문에 육군 장성보다 편안하다.

오늘 내가 사는 인생은 두 번 주어지지 않는다는 점에서 여행이다. 우리는 오늘을 다시 되돌아 올 수 없으며 오늘 주어진 시간은 즉시 휘발되어 날아간다. 삶은 이렇게도 가볍게 날아가 버리는데 그것을 무겁게 느끼는 이유는 이 삶이 무한히 반복될 것이라는 착각 때문이다.

유년기에 끝이 있고 청춘에도 끝이 있듯이 인생은 분명 끝나고 말 것이다. 삶을 작게 나눠놓고 보면 끝은 손에 잡힐 듯 가까이 있다. 끝을 모르고 내달리다가는 사고를 치고 만다. 건강에는 한계가 있는데 그 끝을 모르고 술을 마구 마시다가는 한 순간에 골로 간다.

우리는 삶을 어떻게 대해야 할까? 내 주머니에 몇 푼 안 되는 돈을 조금씩 꺼내어 쓰듯이 그것을 소중히 다뤄야 한다. 펑펑 쓰다가는 얼마 안 되어 바닥을 드러내게 될 것이다. 매 순간은 버려지는 것이 아니라 경험하는 것이어야 한다. 죽음이 가까이 왔다고 해서 포기해서는 안 된다. 여행의 막바지에 이르러서는 이제 일상으로 복귀해야 한다는 안타까움 때문에 마지막 힘을 짜내어 그 일정을 열심히 따라 가듯이 마지막 때가 가까워질수록 얼마 남지 않은 인생을 더욱 더 열심히 느껴야만 한다.

현재

어제를 잊고 오늘을 산다.

어제의 경험은 오늘을 잘 살게 도와준다. 그러나 그것은 오늘을 새롭게 사는 데는 전혀 도움이 되지 않는다. 기억은 어떤 것을 쉽고 빠르게 해결하기 위해서 필요하다. 가령 어제 풀었던 문제를 오늘 또 다시 풀면서 새로운 것을 대하는 것처럼 하는 것은 미련한 짓이다. 이미 풀었던 것이므로 오늘은 그 답을 분명히 알아야 한다. 하지만 그런 문제는 시험지에나 존재한다. 세상은 변화하고 있다. 모든 문제는 비슷한 유형일지는 모르나 어제와 같은 것일 수 없기 때문에 상황에 따라 다른 접근이 필요하다.

어떤 행동을 반복하다보면 의도치 않아도 몸이 기억한다. 아무리 잊으려 해도 몸은 그것을 잊을 수 없다. 기억이 오래가면 습관이 되고, 습관이 쌓이면 삶은 일상화 된다. 나이가 들면서 새로울 것이 없는 것처럼 느껴진다. 그러나 요즘처럼 매일 새로운 지식이 쏟아지고 신기술이 발명되는 적은 과거 어느 시기에도 없었다는 점에서 늘 새로운 나날이다. 그럼에도 불구하고 우리가 삶을 식상하게 느끼는 것은 삶을 습관적으로 살기 때문이다.

즉 어제의 기억으로 오늘을 살고 있다는 말이다.

습관은 나 혼자 만든 것이 아니다. 위험을 감지하는 능력, 자식에 대한 보호본능 같은 것은 인류가 생존하기 위해 수 천 년 동안 쌓아온 경험지식이다. 어려서부터 어떤 습관을 가지고 있었다면 그것은 부모나 선조들에게 전수받은 것이 틀림없다. 갓난아이는 어떤 의도를 갖기 힘들고 설혹 그가 어떤 의도를 가졌다고 하더라도 스스로 움직일 수 없기에 그가 들인 습관은 온전히 주변인에게 의존할 수밖에 없다. 가령 아이가 배고픈 시간에 엄마가 젖을 주지 않았다면 아이는 욕구불만과 애정결핍에 걸릴 가능성이 높다. 어떤 아이도 '나는 욕구불만에 걸릴 거야!'든지 '애정결핍이 되고 싶어.'라고 의도하지 않았는데도 말이다.

모든 사람은 행복해지고 싶어 한다. 행복감은 어떤 것을 성취했을 때 느끼는 감정이다. 일종의 만족감이다. 하지만 행복을 추구하는 행동은 그 사람이 어떤 습관을 가지고 있느냐에 따라 달라진다. 사람들은 겉으로 보기에 새로운 것을 추구하는 것 같지만 실제로는 익숙한 것에서 만족감을 느낀다. 처음 유럽을 여행한 한국인이라면 며칠이 못 되어 김치와 고추장을 찾게 될 것이다. 새로운 곳에 갔으면 새로운 음식을 먹어 보는 것이 신선한 경험이고 만족할 만한데 그렇게 느끼지 못하는 것은 우리가 익숙함에 길들여졌기 때문이다. 산해진미라도 집 밥만 못하다. 어쩌다 특별한 식사를 하면 좋겠지만 매일 그런 음식을 먹는 것은 고역이 아닐 수 없다. 물론 그것이 집 밥처럼 익숙한 음식이 된다면 문제가 될 리는 만무하다.

애니메이션 영화 <라따뚜이>에서 음식평론가인 안톤 이고는 구스토의 식당을 평가하기 위해 방문한다. 이 엄혹한 자리에 어떤 음식을 내놓을까 고민하던 생쥐 주방장 레미는 어떤 화려한 음식이 아닌, 안톤 이고가 어려서 먹던 라따뚜이를 대접한다. 그 순간 안톤 이고는 평가하려고 들었던 펜을 놓치고 말았다. 라따뚜이는 오랫동안 잠자고 있던 안톤 이고의 미각을 깨워주었다. 그 음식은 프랑스 가정에서 일상적으로 먹던 집 밥이었던 것이다.

습관에서 벗어나기 위해서 어제의 기억을 버려야 하는데 한 번 새겨진 기억은 좀처럼 지워지지 않는다. 아무리 노력해도 그것에 의지해서 세상을 볼 수밖에 없다. 또한 어떤 습관들은 생존에 지대한 영향을 미치고 있어서 습관에 위배되는 행동을 했을 때 엄청난 위험에 노출 될 수 있다. 그러한 습관들은 튼튼한 자물쇠로 채어져 있기 때문에 평생을 들여도 풀지 못할 것이다. 어쩌면 '어제의 일을 기억해야 한다.'는 습관에 길들여있는지도 모른다.

익숙함에 위배되는 삶을 살려고 시도해 보자. 기억하지 않으려 하고 습관적인 행동들에서 벗어나보자. 나는 습관적으로 돈을 아끼는 행동들을 한다. 그 습관이 어떻게 들었는지 모른다. 어쨌든 매 순간 돈을 따져보고 물건을 산다. 설혹 그것이 몇 십 원이라도 반드시 검토를 하고 저렴한 것을 구입한다. 이런 내가 너무나 싫다. 하지만 나는 그 습성에서 벗어날 수가 없다.

나는 '같은 물건이라면 가격에 구애받지 않고 더 좋은 것을 선택하겠다.'고 결심했다. 딸기를 사러 로컬푸드 직매장에 갔다. 여러 농가에서 비슷비슷한 제품들을 내어 놓았다. 같은 딸기인데 어떤 것은 비싸고 어떤 것은 싸다. 예전 같으면 가장 저렴한 것을 집어 들었겠지만 이번에는 가격을 보지 않고 품질에만 집중하기로 했다. 좋아 보이는 것을 골랐다. 역시 다른 것보다 비싸다. 그렇다고 해서 비싼 것은 무조건 좋은 것이라는 습관이 들면 안 된다. 그런 의미에서 모든 것은 초기화 시켜야 한다. 매 순간 딸기를 처음 사는 것처럼 접근해야 한다. 그러자면 시간이 많이 걸린다. 일을 빠르게 해치우기 위해서는 역시 경험에 의존하는 수밖에 없다. 이렇게 효율성을 따지다 보면 다시 습관화되고 삶은 식상한 일상이 된다.

습관에서 벗어나자면 어디지 모르게 어색해진다. 새로 산 옷이 좋아 보이지만 결코 편하지는 않다. 그러나 좋아 보이려고 삶을 사는 것은 아니다. 나는 이 삶을 만끽하려고 노력하는 것이다. 오늘도 새로 주어진 시간인데 오래 된 것처럼 취급하는 것은 온당치 못한 처사이다. 아무리 노력해도 여전히 나는 습관에 의존해서 살아갈 것이다. 하지만 적어도 하루에 한 가지라도 습관에서 벗어난 새로운 시도를 해 보면 좋지 않을까?

현재를 산다는 것 1

내 의지는 항시 미래를 향해 있다. 무엇을 하고 싶다는 의식은 나를 미래의 시간으로 이끈다. 어떤 것을 원한다면 그것이 성취될지 어떨지 자못 궁금하다. 그것을 확인하기 위해서는 빨리 미래로 달려가야 한다. 내일 무슨 일이 일어날지 알 수 있는 방법은 내일이 되는 수밖에 없다. 아무리 정확한 예측을 한다고 하더라도 그것은 예측일 뿐 현실일 수 없다.

이제 곧 대선 기간이다. 대통령이 되고자 하는 사람들은 부지런히 선거 운동을 한다. 대중은 누가 대통령이 될지 궁금해 한다. 하루가 멀다 하고 여론조사들이 공표된다. 누가 될지 예측하는 것이다. 그런데 여론조사 기관마다 그 수치가 다르고 순위가 다르다. 우리는 그 결과가 어떻게 될지 궁금하다. 하지만 그 누구도 장담할 수는 없는 상황이다. 그 궁금증이 해소되려면 선거가 끝나야 한다. 개표가 끝나는 그 순간까지도 결과는 알 수 없는 것이다. 누가 조작을 하지 않는 한 그 결과를 정확하게 예측하는 것은 불가능하다. 사람의 마음이란 간사해서 하루 앞도 예견할 수 없다.

미래에 대한 기대와 희망이 있는 한 우리는 현재에 머물기 힘들다. 현재는 과거의 희망이 실현되는 장이지만 과거의 기억은 희미하고 현재의 처지가 과거의 기억을 집어 삼켜버렸으므로 우리는 현재 내가 있는 위치가 과거에 희망했던 그 자리임을 망각하며 산다.

나는 얼마나 이 현재를 고대했던가? 남녀가 사랑해서 결혼을 한다. 물론 그렇지 못한 몇몇 사람들도 있겠지만 대다수의 사람들은 결혼을 사랑의 결실이라고 믿어 의심치 않는다. 하지만 결혼을 하고 나면 그렇게 사랑해 마지않던 사람이 미워지기 시작한다. 하는 행동들이 마음에 들지 않는다. 연애할 때는 예쁘게만 보였던 것들이 눈에 거슬린다. 사람은 그대로인데 내 눈이 변한 것이다. 현실이 과거의 희망을 삼킨다는 것은 바로 이런 것이다. 내가 희망한 것, 그토록 간절히 바라던 것이 성취되었으므로 그것을 소중하게 느끼지 못하는 것이다. 나는 내 사업장을 갖고 싶었고, 이 집을 짓고 싶었고, 아들을 낳고 싶었고, 공부를 하고 싶었다. 이 모든 것은 성취되었다. 내 삶은 성공적이다. 그러나 내 삶에 대해서 나는 만족하고 있는가?

이미 성취된 것에는 아무런 감흥을 느끼지 못한다. 잡힌 물고기에는 미끼를 던지지 않는다. 나는 또 다른 것을 희망하고 있다. 현재에 있는 내 의식은 항시 미래를 향하고 있다. 성취된 것은 뒤로 하고 또 다른 것을 향해 욕망은 발동한다. 내가 갖지 못한 것을 갖기 위해 현재 내가 가진 것을 버리려고 한다. 그렇게 해서 현재의 것이 내 수중에서 사라지고 나면 나는 또 다시 그것을 그리워하고, 그것을 다시 얻기 위해 안간힘을 쓴다. 이것이 우리들 인생의 수레바퀴다.

현재를 산다는 것은 무엇을 의미하는가? 무엇을 할 것인가보다는 무엇을 하고 있는가라는 질문을 해야 한다. 너는 무엇을 하고 있는가? 똥을 싸고 있다. 시원하게 싸라. 너는 무엇을 하고 있는가? 밥을 먹고 있다. 맛있게 먹어라. 똥 싸면서 먹을 걱정 할 필요 없고, 먹으면서 똥 쌀 걱정 할 필요가 없다.

지금은 새벽 4시다. 12시부터 잠이 깨서 지금에 이르고 있다. 잠이 들고 싶으나 잠 들 수가 없다. 커피를 마셔서인가? 이유는 알 수 없다. 나는 깨어 있다는 현실보다는 잠을 자고 싶다는 욕망에 사로 잡혀 있다. 욕망은 바로 지금이 아니라 한 발 앞선 미래의 것이다. 현재 깨어 있다면 그 순간을 직시해야만 하는데 현실을 부정하고 있는 것이다.

시험을 앞둔 수험생은 잠을 물리치지 못해서 괴로워한다. 반대로 나는 잠을 이루지 못해서 괴로워한다. 이 얼마나 아이러니한 삶인가? 필요한 사람에게 필요한 것이 주어지지 않는다. 하지만 그 필요를 다 채워준다고 하더라도 그것은 오히려 부족함을 느끼게 만든다.

욕망이 실현되면 즐겁고 기쁘다. 욕망이 좌절되면 슬프고 괴롭다. 우리는 기쁨을 좋아하고 슬픔을 싫어한다. 좋고 싫음, 희노애락喜怒哀樂은 모두 욕망, 즉 미래에 대한 기대에 의해 만들어진다. 이런 것이 없으면 삶이 밋밋하다. 음식이 맛있으려면 달고, 짜고, 맵고 자극적이어야 한다. 이런 맛들이 없으면 밋밋하다. 현재를 사는 사람은 자극이 없는 음식처럼 맹탕이다. 아무런 감흥이 없다. 나의 의지를 단 1초 이후로도 보내지 않고 지금 이 순간에 머무르게 한다면 그렇다는 말이다.

하지만 우리의 뇌는 미래를 대비하도록 훈련되어 있다. 위험에 대처하는 것은 몸을 보호하는데 꼭 필요하다. 아무 생각 없이 움직이다가는 위태로워지기 쉽다. 어린이들은 미래에 대한 걱정 따위는 없는 듯이 보인다. 현재 하고 있는 일에 충실 한다. 그러니 위태롭게 보인다. 그러나 역경에 시달린 어른들은 자신의 경험 때문에 미래에 대한 불안을 떨쳐버릴 수가 없다. 이러니 아이들에게 잔소리를 하지 않을 수 없는 것이다.

오늘 하루만 살 것처럼 살아보자. 다른 걱정은 할 필요가 없다. 걱정은 대부분 일어나지 않는다. 그냥 현재 내가 무엇을 하고 있느냐에만 집중해 보자. 잠이 오면 잠을 자고, 눈을 뜨면 움직이고, 무엇을 하고 싶다가 아니라 무엇을 하고 있다를 항상 떠올리자.

내 몸은 이미 내가 무엇을 해야 할지 알고 있다. 어디로 가야 할지 아는 사람에게 자꾸 어디로 가라고 잔소리를 하는 것이다. 미래에 대한 생각은 나 자신에 대한 잔소리에 불과하다. 나를 믿어라. 자기 자신을 믿어라. 현혹하는 타인의 말은 잘도 믿으면서 스스로는 믿지 못한다는 것이 말이 되는가? 나를 믿고 나를 따르라. 그것이 내가 할 수 있는 최선의 길이다.

현재를 산다는 것 2

'현재를 살아라. 현재를 즐겨라.' 누군가 이렇게 나에게 충고한다면 나는 지금 내가 하고 있는 이 일이 아닌 다른 어떤 일을 해야만 할 것 같은 충동을 느낀다. 현재 내가 하고 있는 일은 진정으로 내가 하고 싶었던 것은 아니며 그것은 저 멀리 이상세계에나 존재하는 것으로 상상하기 때문이다. 그러나 내가 하고 싶어하던 그 일은 지금도 누군가가 하고 있는 일이며 그들도 또한 나와 똑같이 그 지루한 일상으로부터 탈피하고 싶어서 안간힘을 쓰고 있을 터이다.

사람은 감각 쾌락적인 동물이다. 감각은 지속적인 반복으로 인해 권태로움을 느낀다. 흔히 결혼을 사랑의 무덤이라고 한다. 사랑하는 사람과 영원히 함께한다면 행복도 또한 영원할 것이라는 착각이다. 그러나 막상 그렇게 사랑해 마지않았던 그 사람을 평생 내 곁에 두어야 한다는 권태로움은 결혼 생활을 지겹게 만든다.

마찬가지로 어떤 일이든 그것이 일이 되는 순간, 즉 일정 기간 동안 지속적으로 반복해야 한다는 것을 느끼면 권태감은 시작되는 것이다. 그것을 느끼는 기간은 각자 다르겠지만 대략 1년에서 3년 정도가 되는 것으로 판단한다. 그 이후로는 그 일을 당연하게 받아들여 더 이상 허튼 생각을 하지는 않게 되지만 그 폭발 가능성을 완전히 해결한 상태는 아니다.

현재를 즐기는 것은 감각 쾌락적인 행위가 아니다. 여기서 즐긴다는 것은 먹고 마시고 노는 것을 의미하는 것이 아니다. 또한 내가 하고 싶어 했던 그 무엇을 성취하는 것도 아니다. 이러한 목표 지향적 의지를 갖는 것은 진정으로 현재를 즐기지 못하게 한다.

현재 내가 하고 있는 일은 나 아닌 다른 누군가 정말 하고 싶어 하던 그 일이다. 다시 말해 누군가는 이 일을 했을 때 진정으로 현재를 즐기는 것으로 느낄 수 있는 그런 소중한 일이라는 사실이다. 그럼에도 불구하고 내가 하고 있는 일은 이 세상에서 가장 하찮은 일이며 이 일이 아닌, 내가 상상하던 그 일을 했을 때 자아는 성취되고 진정한 나로써 살아갈 수 있다고 믿는 것이다. 그러나 이것은 앞만 보고 뒤는 돌아보지 못하는 처사이다.

오히려 현재를 즐기라는 말은 - 그것이 무엇이 되었든 - 지금 내가 하고 있는 이 일에 집중하라는 것으로 해석되어야 마땅하다. 그 일을 잘하기 위해서 노력하는 것이 아니라 그 일로 인해서 나는 무엇을 느끼고 있는지 발견해야 한다. 돈을 벌기 위한 수단으로 직장을 다닌다면 그는 거지나 다름없다. 직장은 돈이 유일한 목적은 아니다. 그 일을 통해서 인생이란 무엇인지, 나는 누구인지 발견해 나가야 한다. 그리고 급여는 삶을 열심히 배울 때 주어지는 장학금이다. 결혼은 사랑하기 때문에 하는 것이 아니라 사랑이 무엇인지 배우기 위해서 하는 것이다.

시간은 미래의 어느 지점에서 만들어져서 현재로 흘러오는 것이 아니라 지금 이 순간, 매 순간 순간 새로이 만들어져서 나에게 쏟아진다. 나는 새 시간을 받는 것이지 헌 시간을 받는 법은 없다. 그럼에도 불구하고 현재를 일상적이라고 하여 헌 것처럼 취급하는 것은 현재에 대한 부당한 처사일 것이다.

오늘 가는 직장과 내일 가는 직장은 분명 다른 곳이다. 오늘, 나를 위해 존재하는 시간을 다른 사람을 위해 소비하지 말자. 인생은 자기중심적으로 살아야 한다. 오늘의 내가 주인공이다. 과거의 '나'나 미래의 '나' 혹은 다른 사람과 비교하다보면 자기 자신은 발견할 수 없게 된다. 우리는 무엇이 되기 위해서 지구에 오지는 않았다. 이미 우리는 '나'이지 않은가? 그보다 더 훌륭해질 수는 없다. 사람이 되기 위해서 몇 천만분의 일의 경쟁률을 뚫었다. 이렇게 힘겹게 성취한 '나'는 어디로 던져 버리고 또 다른 내가 되기 위해서 안간힘을 써야 한다면 그보다 더 허무한 일은 없을 것이다.

이 세상 어느 누구도 자기의 인생을 한권의 책으로 쓰지 못할 사람은 없다. 다만 우리는 글재주가 없어서 그것을 소설가처럼 맛깔나게 꾸미지 못할 따름이다. 내 인생은 매 순간 흥미진진하지는 않았더라도 되돌아보면 그것이 '나'이었음을 확인하게 하는 사건들이 수두룩하다.

현재도 또한 미래의 어느 시점에서 바라본다면 이런 감흥을 이끌어낼 그런 순간임을 잊지 말아야 한다. 현재는 미래의 내가 가지고 싶어 하는 젊음이었음을 상기해야 한다. 삶은 죽음이 임박했을 때 유지하고 싶어 하는 생명이었음을 자각해야 한다. 사람은 태어나고 반드시 죽는다. 그것을 망각하는 순간 현재는 헛되이 버려지는 것이다.

현재란 무엇인가?

현재를 즐겨라. 현재를 살아라. *carpe diem. seize the day.*

하지만 막상 현재를 산다는 것이 무엇인지 정확하게 정의내리기 힘들다. 누구나 현재를 살고 있다. 현재는 내가 숨 쉬고 있는 이 순간이다. 그러나 그것을 산다는 것이 무엇을 의미하는지는 명확히 설명할 수 없다.

현재는 쉼 없이 지나간다. 멈추지 않는다. 그렇기 때문에 붙잡을 수 없다. 현재를 잡아둘 수만 있다면 우리는 늙지 않을 수도 있을 것이다. 시간의 흐름은 그 어떤 능력으로도 막을 수 없는 것이다. 우리가 강물을 막아둘 수 있지만 그 흐름을 완전히 봉쇄하지는 못한다. 그것은 어떻게든 빠져나가고 그곳에 머물지 않는다. 하늘로 증발하거나 땅으로 스며든다. 그런 의미에서 삶은 물과 비슷하다.

디지털 카메라가 일상화되기 이전에는 영상은 필름에 기록되었다. 영상필름은 수많은 컷으로 구성되어 있다. 그리고 그것을 빠르게 회전시키면 각각의 장면들은 연속된 것으로 보인다. 각각의 컷은 독립되어 있지만 빠르게 회전하면서 연결된 것 같은 착각을 일으킨다. 다시 필름을 정지시켜놓고 보면 그것은 독립된 장면이다. 앞의 컷이 있었기 때문에 뒤의 컷이 생긴 것이 아니다. 그것은 우연이라도 되는 것처럼 앞의 장면에 붙어서 하나의 행동으로 나타난다.

현재를 한 장 한 장 끊어서 보면 그것은 조금씩 명확해 진다. 영상의 필름 중에 앞의 컷은 뒤의 컷에 영향을 주기 위하여 있는 것이 아니다. 그것은 단지 그렇게 배열되었을 따름이다. 1이 있었기 때문에 2가 있는 것이 아니라는 말이다. 우리는 단지 그것을 연속적으로 보기 때문에, 1때문에 2가 된 것처럼 보는 것뿐이다.

내 잘못 때문에 일이 이렇게 되었다거나, 내가 잘해서 일이 저렇게 되었다는 식의 판단은 과거 중심적 생각이다. 일은 이미 진행되고 있고, 즉 필름은 돌아가고 있고, 나는 그 중간에 서 있는 것이다. 나는 그것을 관람하고 있다. 정지된 상태로 본다면 내 행동과 그에 따른 결과는 서로 구분되어 보일 것이다. 그러나 그것을 연속해서 빠르게 돌리면 하나인 것처럼 보이고 과거의 행동은 결과의 원인으로 규명된다.

현대의 속도는 과거에 비해 엄청나게 빨라졌다. 그에 따라 우리는 원인과 결과를 한 눈에 볼 수 있게 되었다. 빠르다는 것은 과정을 단축시키는 것이다. 서울에서 부산을 빠르게 이동하기 위해서는 최단거리를 산출하고 그 길을 최대한 빠르게 움직여야 한다. 그러면 우리는 언젠가는 순간이동을 할 수 있을지도 모른다.

과정의 단축은 현재의 소멸을 불러일으킨다. 사람의 일생은 태어나서 죽는 것으로 귀결된다. 그러나 누구도 태어났기 때문에 죽는다고 말하지는 않는다. 다시 말해 죽기 위해 태어난 사람은 없다. 만약 빠르게 결과를 보고 싶다면 태어나자마자 죽으면 된다.

과정은 무엇을 위한 도구가 아니다. 과정은 과정 그 자체이다. 다시 말해 과거는 현재를 위해 존재하지 않았고 현재는 미래를 위해 존재하는 것이 아니다. 현재는 현재일 따름이다. 확실히 과거가 있었기 때문에 현재가 있다. 또한 현재가 있기 때문에 미래가 있는 것이다. 그렇다고 하더라도 그것이 현재를 위해 혹은 미래를 위해 존재한다고 말할 수는 없다.

과거를 현재의 원인으로 규정한 사람들은 후회하는 삶을 살거나 혹은 자부심을 가지고 살 수 있다. 현재가 미래의 원인이라고 규정한 사람들은 불안한 삶을 살거나 혹은 기대에 찬 삶을 살 수 있을 것이다. 하지만 그것 때문에 현재를 오롯이 살아갈 수는 없게 된다.

나는 오늘 일을 했고 그 결과 돈을 벌었다. 많은 사람들은 돈을 벌기 위해서 일을 한다고 생각한다. 그러면 그 일은 고통이다. 하고 싶지 않지만 어쩔 수 없이 해야만 하는 의무 같은 것이 되고 만다. 하지만 일 자체에 집중해 보면 그것은 새로운 느낌으로 다가온다. 손님을 대하는 순간들, 그들이 주문한 음식을 만들고, 대화를 나누고, 떠나보내는 과정을 세심하게 살펴보고 있노라면 마치 내가 한 영화의 주인공이 된 듯한 느낌을 받는다.

어떤 연기자도 주연이 되고 싶지 않은 사람은 없을 것이다. 평생을 조연으로만 끝내고 싶은 결심 따위는 하지 않을 것이다. 사람들은 자기에게 관심을 기울여 주는 것을 좋아한다. 많은 독자가 글을 읽어주는 것을 마다할 작가는 없을 것이다. 그러나 타인이 자기에게 관심을 기울여 주는 것은 그렇게도 기대하면서 막상 자기 자신은 스스로에게 전혀 관심을 보이지 않는다. 누군가에게 관심을 받기 위해서는 그들의 눈에 띄기 위해 무엇인가를 추가 해야만 한다. 하지만 스스로에게 관심을 기울이면 누군가에게 관심을 받기 위해 하는 노력을 버릴 수 있다. 나는 나에게 어떤 존재인가? 익숙하기 때문에 소홀한 사람인가? 누구에게 관심을 받기 전에 스스로에게 관심을 기울이는 편이 현명할 것이다.

현재의 감상을 기록으로 남기기 위해 글을 쓴다. 하지만 이것이 완벽한 나의 감상이라고 말하기는 힘들다. 글은 언제나 부족하고 나의 감상은 언제나 충만하다.

현재를 산다는 것 3

우리의 생각은 쉽게 과거로 회귀하거나 미래로 나아간다. 우리는 나이가 들어서야 청춘의 아름다움을 깨닫게 된다. 그러나 어렸을 때에는 어른들에 의한 제약이 많았기 때문에 빨리 나이를 먹었으면 하고 바라는 것이다. 만약 미래에 어떤 좋은 일이 있을 것이라고 기대가 된다면 어서 빨리 그 날이 오기를 고대할 것이다. 적금 만기되는 날을, 승진하는 날을, 졸업하는 날을 기다린다. 학생들은 방학을, 직장인들은 휴가를 고대한다. 그러나 막상 방학이 되고 휴가가 와도 그 시간을 만끽하지 못하고 개학과 출근에 대한 근심으로 시간을 허비하고 만다. 성취에 대한 기쁨은 잠깐이고 미래에 대한 근심이 그 자리를 대신 차지한다.

현재를 살기 위해서는 현재가 없다고 가정해 보는 것은 어떨까? 이렇게 하면 현재를 좀 더 실감나게 살 수 있다. 현재 내가 가지고 있는 것은 과거에 그렇게 가지고 싶어 했던 것들이다. 지금 내 옆에 있는 사람은 젊었을 때 죽고 못 사는 연인이었다. 지금 다니고 있는 직장은 꼭 들어가야만 할 것 같은 곳이었다. 지금 내가 살고 있는 집은 나를 보호할 안식처로 생각한 곳이었다. 그러나 막상 그 곳에 들어가서 살아보니 여러 가지 단점들이 눈에 띄기 시작하고, 그것에 대해 실망하고, 급기야 그곳에서 벗어나려고 안간힘을 쓰게 되는 것이다. 그리고 현재가 아닌 미래의 욕망을 더 크게 만들기 시작한다.

이러한 패턴은 인생 전체를 걸쳐 되풀이 된다. 현재에는 미래를 갈구하고 그 미래가 현재가 되면 다시 현재를 벗어나려고 발버둥 친다. 흔히 '옛날이 좋았어.'라고 회상한다. 하지만 그 옛날로 되돌아간다면 우리는 행복할 수 있을까? 현재에 불만족한 사람들은 미래에서 희망을 발견하려고 노력한다. 그러나 막상 그 미래가 눈앞에 당도했을 때 행복하다고 느낄 수 있을까?

과거나 미래는 관념적일 뿐 실감나게 느낄 수는 없다. 실감이라는 것은 실재로 느끼는 것인데 그것은 지금 당장에만 가능하다. 음식은 씹는 그 순간에만 실감나는 맛을 느낄 수 있다. 배고파서 허겁지겁 음식을 먹고 나면 그 맛이 무엇이었는지 전혀 느낄 수가 없다. 미식가들이 훌륭한 것은 음식을 탐닉하지 않고 소량의 것이라도 오로지 그 맛에만 집중하여 느낀다는 점에 있다.

나를 가장 잘 느낄 수 있는 때는 바로 지금이다. 지금 나는 무엇을 느끼고 있는가? 미래의 내가 느낄 것과 과거의 내가 느낀

것이 아니라 지금 내가 느끼고 있는 것이 무엇인가를 알아챌 때 삶은 풍요로워진다. 미식가가 음식을 천천히 음미하며 씹어 먹듯이 나는 내 삶을 천천히 음미하는 것이다.

각자는 각자 앞에 차려진 상에 있는 음식에 집중해야 한다. 집 밥은 항상 먹기 때문에 그 맛을 느끼지 못한다. 그러나 며칠만 여행을 떠나도 집 밥이 그리워지는 것이다. 자신의 집 밥이 아무리 허접하다고 하더라도 그것이 산해진미보다 더 맛있었다는 것을 느끼는 때는 바로 집을 떠나 그것을 먹을 수 없게 되었을 때이다. 내 앞에 차려진 밥상이 하찮다고 생각하기 전에 그것을 천천히 음미하도록 노력해야 한다. 같은 음식일지라도 환경과 그날의 감정에 따라 다른 맛이 느껴질 것이다.

후회 없는 삶

오늘 죽어도 후회 없는 삶을 살아라. 내가 만약 내일 죽는다면 오늘 무엇을 할까? 죽기 전에 해야 할 일을 검색해 보면 어디를 가고, 무엇을 먹고, 누구를 만나고 하는 것들이 나열된다. 그러나 죽음에 임박한 사람은 그런 특별한 일을 하고자 하는 것이 아니라 자기의 평범한 일상을 되돌아보는 것이다. 특별한 사람을 만나는 것이 아니라 자기의 소중한 가족과 지인들을 보고 싶어 하고, 평생 다녔던 지긋지긋했을 직장을, 자기가 생활했던 익숙한 공간들을 느끼고 싶어 한다. 참 아이러니 하게도 자신의 일상이 죽음에 이르러서야 소중했음을 깨닫게 되는 것이다.

내일 죽을 사람처럼 오늘을 살아보자. 오늘의 삶은 정말 되돌릴 수 없는 그런 삶이다. 내가 만나고 있는 이 사람들은 내가 죽어서는 다시 못 볼 사람들이다. 그럼에도 나는 그들을 영원히 함께 할 것처럼 착각을 한다.

죽음은 한순간이다. 한순간 삐끗하면 저세상으로 간다. 자동차를 운전하다보면 우리는 너무나 무모하다는 생각을 한다. 저 가느다란 노란 선을 기준으로 서로 반대 방향으로 달리고 있다. 쌩쌩 달리는 자동차는 조금만 비껴서 노란 선을 넘으면 서로 충돌하게 된다. 그러면 얼마나 아플까? 나는 과연 살아남을 수 있을까? 죽기가 더 쉬울 것이다. 그럼에도 우리는 그 위험천만함을 믿음으로 대체하고 있다. 저 사람은 절대 저 선을 넘지 않을 것이라는 믿음. 그러나 언젠가는 그 믿음이 깨지고 언젠가 한번은 내 앞으로 차가 달려올지도 모른다.

중앙선 침범으로 정면충돌해서 사고를 당한 사람들은 평생에 그런 일이 자기에게 일어나리라고 상상이나 했을까? 누가 역주행해서 내 앞에 나타나리라고 꿈에라도 그려 봤을까? 그런 일은 절대 일어나지 않을 것이라고 믿는 것이다.

가끔 한적한 도로를 달리다보면 그렇게 내 앞에 차가 나타나지 않을까 하는 두려움에 휩싸이곤 한다. 고속도로에서도 역주행을 하는 시대이고 보면 모든 일이 가능한 것이다. 그렇게 죽음은 한 순간에 내 앞에 당도한다. 우리의 굳건한 믿음을 저버리고 그렇게 다가오는 것이다.

그래도 우리는 죽음을 생각하지 않으려고 노력한다. 딴 세상일처럼 느낀다. 나는 그것을 당하지 않을 철인이나 혹은 신이라도 된 듯한 기분으로 산다. 하지만 사람은 누구나 한 번 죽음을 맞이하게 된다. 그 순간 나는 무엇을 회상할 것인가? 그것은 특별한 여행이 아니라, 특별한 음식이 아니라, 특별한 사람이 아니라 내 일상이며, 어머니의 음식이며, 나의 가족이다. 그 사람들이 가장 먼저 눈앞에 나타나는 것이다.

그 절체절명의 시간에 생각나는 사람을 왜 지금 따뜻하게 대하지 못하는지 알다가도 모를 일이다. 그 사람들은 항상 내 곁에 있을 것으로 착각하는 그 습성은 버리지 못한다. 그것은 습관이다. 이 사람이 내일이면 내 앞에서 사라진다고 생각해 보자. 얼마나 애틋하게 그를 대할 수 있을까?

손님을 맞이하다 보면 두 번 다시 보지 않을 사람들을 마주하게 된다. 이렇게 만난 것도 인연이라면 인연이다. 나는 그 사람들에게는 온갖 친절을 베푼다. 뭐든 다 해주고 싶다. 물을 마시고 싶다면 물을 떠다주고 음식을 먹고 싶다면 요리를 해 준다. 물론 그들은 돈을 낸다. 하지만 내 주위에 있는 사람은 돈보다 더 좋은 것을 준다. 그러나 그것은 돈으로 환산되지 않기 때문에 그것의 가치를 협소하게 판단한다.

내 일상을 소중하게 대한다는 것은 내가 죽기 직전의 마음가짐으로 그것을 대하는 것이다. 그러나 그것은 너무나 가혹한 현실이 된다. 늘 죽음을 염두에 두고 살 수는 없다. 아무리 시한부 인생이라고 하더라도 늘 그것을 생각하고 사는 것은 슬픔을 자아낸다. 그렇기 때문에 가급적이면 죽음을 생각하지 않으려고 노력하는 것이다. 내 앞에 죽음이 놓여있다고 하더라도 그것이 없는 것처럼 자연스럽게 살려고 한다.

자연스러운 것은 자연스럽지 않다. 자연스럽게 하려고 하면 더욱 어색해진다. 우리는 이미 어떤 의도를 가지고 생활하기 때문에 그 의도 자체가 자연스러운 행동이다. 무엇을 자연스럽게 하려고 하기 보다는 자연스럽지 않은 현실일지라도 있는 그대로 받아들이는 편이 낫다.

삶에 대한 관심

바람이 살랑살랑 분다. 밤새 비가 내렸다. 나는 비가 오는 줄도 모르고 잠만 쿨쿨 잘 잤다. 오늘 아침은 평소와 다르게 개운한 감이 있다. 화장실에도 다녀왔고 이제 이 자리를 뜰 일이 없다.

어제까지 머리가 약간 아팠다. 편두통이다. 머리가 심하게 아플 때는 이것이 뇌에 무슨 기능장애가 아닌가 하는 염려가 된다. 이대로 죽는 것은 아닐까? 내가 오늘 죽는다면 나는 무엇을 할까? 먼저 내가 쓰던 논문은 다 마무리 하고 싶다. 학교에 제출도 해야 하고 제본도 맡겨야 한다. 이런 생각이 드니 논문을 서둘러 마무리 한다. 그리고 또 하고 싶은 것은? 내 주변을 정리해야겠지. 되도록 좋은 기억만이 남도록. 그리고는 딱히 하고 싶은 것이 없다. 나는 내일이 올지 어떨지 궁금하기만 하다. 그러나 언제나 올지 말지 모르는 그 내일을 준비하느라 오늘을 허비한다. 내일 혹은 내년, 그리고 지혜롭다는 사람은 몇 십 년을 준비한다. 그렇게 준비하고 또 준비한다. 그러나 막상 내일이 없어진다고 하면 무슨 생각이 들까?

내일이 없는 것처럼 오늘을 살라. 그렇게 말하면 오늘 하루를 허랑방탕하게 살 것처럼 생각할 수도 있다. 그러나 죽음을 목전에 둔 사람은 그렇게 시간을 허비할 수가 없다. 단 일 분 일 초라도 자기의 삶을 진지하게 되돌아보는데 사용하게 되는 것이다. 그리하여 인생의 진국을 그 짧은 시간 동안에 느끼게 된다.

우리는 언제 죽을지 모르기 때문에 인생을 건성건성 산다. 그것이 마지막 남은 하루라고 생각하지 않기 때문에 아무렇게나 사용해 버린다. 그리고 그 시간들을 다 소진하고 나서 이제 마지막 며칠을 남겨두었을 때에야 비로소 내가 헛되이 살았구나 하는 것을 깨닫게 된다.

현재를 헛되이 하지 않기 위해서는 완전히 현재에 집중해야 한다. 현재에 집중한다는 것과 내 욕망에 집중한다는 것은 전혀 다른 말이다. 내가 하고자 하는 것을 맘껏 해본다는 것이 아니라 내가 현재 하고 있는 것에 충실 한다는 것을 의미한다.

자세히 들여다보면 그것이 보인다. 풀꽃이라는 시가 있다. '자세히 보아야 예쁘다. 오래 보아야 사랑스럽다. 너도 그렇다.' 그냥 힐끗 보아서는 그 아름다움을 느낄 수 없다. 우리의 삶이라는 꽃도 그렇다. 그것을 자세히 뜯어보고, 다시 보고, 합쳐보고 하는 과정을 통해서 그것의 아름다움을 느낄 수 있게 된다.

책을 한 번 보는 것만으로도 만족하는 사람은 그 책의 진미를 느꼈다고 볼 수가 없다. 그는 단지 한 번 맛 본 것이다. 맛보기만 보고 '나는 그것을 다 보았어.'라고 주장할 사람은 없을 것이다. 그러나 바쁜 현대인들은 어떤 것을 두 번 하는 것을 시간 낭비라고 생각한다. 그래서 한 번에 그것을 완벽하게 처리해버리고자 한다. 말 그대로 버리는 것이다. 그러나 한 번 만으로 족한 사랑이 어디 있으랴. 반복했을 때 가까워지고 가까워진 후에야 그것을 진실로 느낄 수 있다. 사람과의 관계가 그러하다. 한 번 만남으로 그 사람을 알아챌 수 있는 도인은 세상에 흔치 않을 것이다. 더구나 그 사람을 한 번 만남으로 완전히 친숙한 사람이 되는 것은 거의 불가능하다.

책을 여러 번 보면 처음에는 미처 발견하지 못했던 세세한 부분이 눈에 들어오기 시작한다. 처음에는 용어도 낯설고, 환경도 낯설기 때문에 그 글의 전체적인 분위기를 느끼기 힘들다. 그래서 처음에는 대충 훑어보기를 추천한다. 그렇게 책과 익숙해진 후에라야 그것에 가까이 갈 수 있는 권리가 주어진다.

사람이 친해지려면 여러 번 만나야 한다. 그 만남들을 통해서 그와 삶을 공유하게 되고 공통 분모가 많아질수록 그와의 친밀도는 높아진다. 몸이 멀면 마음도 멀다. 먼 가족보다 가까운 이웃이 낫다. 우리는 가까이에 있는 사람들과 몸을 부대끼면서 삶을 공유하게 된다.

어린왕자에서 여우는 한꺼번에 어린왕자에게 다가오지 않았다. 오늘은 이만큼 내일은 저만큼 하면서 조금씩 다가온다. 그렇게 해야 그 사람이 거부감이 들지 않는다. 그렇지 않고 그냥 한꺼번에 다가오면 그 사람은 깜짝 놀라 달아나기 쉽다.

내 인생은 내가 살면서도 관심을 기울이지 않았기 때문에 어느 순간 그것에 가까이 다가가려고 하면 그것은 깜짝 놀라게 될 것이다. 천천히 여유를 두고 접근해야 한다. 오늘은 이 만큼 내일은 저 만큼 뽀짝뽀짝 다가가다 보면 결국 인생의 진면목을 발견하게 될 것이다. 오래 보아야한다. 자세히 보아야한다. 그래야 아름다움을 발견할 수 있게 된다.

조율

먹고자 하는 욕심 때문에 사람은 목숨을 보존할 수 있다. 식욕이 없다면 그는 입맛을 잃게 될 것이고 에너지를 얻지 못하게 될 것이고 급기야 죽게 될 것이다. 성욕이 있기 때문에 인간은 번식할 수 있다. 성취욕이 있기 때문에 문명은 발달하며 편의는 증가하게 된다.

욕망은 인간을 움직이게 하는 원동력이다. 무엇에 대한 의욕이 없다면 무기력하게 보이고 결국 아무런 일도 하지 못한다. 그것은 최소한 인간이 지구상에서 살아가는 동안만큼은 꼭 필요한 것이다.

그러나 동시에 욕심은 사회를 병들게 하는 원인이기도 하다. "욕심이 잉태한즉 죄를 낳고 죄가 장성한즉 사망을 낳느니라."3

그러므로 인간은 욕심이 없어도, 욕심이 있어도 죽는 것은 매 한가지이다.

중요한 것은 이러한 정력을 어디에 집중할 것인가 하는 점이

3 대한성서공회, 『개역개정 성경』, 야고보 1:15

다. 사람은 그리 애쓰지 않아도 살아있는 동안 살아있기 위해서 그 욕망은 작동한다. 살기 위해 식욕은 왕성해지며 번성하기 위해 성욕은 충만해 있다. 새로운 것을 보면 도전하려고 하고 한 번 빠지면 그것을 성취해 내기 위해 노력한다. 반대로 욕망이 사그러들면 점점 죽어가게 된다. 그러나 어떤 사람은 죽는 순간까지 그 살고자 하는 욕심을 버리지 못해 고통 속에서 죽어간다.

나는 왜 화가 나는 것일까? 그것은 상대방의 잘못된 행동에 기인하지 않는다. 그들의 행위는 다분히 합법칙적이고 순리적이다. 그들은 자신의 필요와 욕구에 의해서 움직이는 것이지 나를 괴롭게 하기 위해서 그러는 것은 아니기 때문이다. 상대방의 행동은 오히려 나 자신의 욕구와 충돌하면서 마음속에 분노의 소용돌이를 일으킨다. 모든 사람의 욕구는 각자 각자의 삶을 존속시키기 위해서 존재하며 그것은 꼭 필요한 양만큼 분출된다. 그 사람들도 스스로를 위해 욕구하고 나도 스스로를 위해 욕망한다면 누구의 그것이 더 잘못되었다고 단정 지어 말할 수는 없는 것이다.

이렇게 위대한 정력을 단지 살기 위해서만 써버린다면 너무나 허망한 것이다. 삶이란 결국 죽음으로 귀결되기 때문이다. 다만 이 욕망의 흐름을 바라봄으로써 자기 자신이 어떠한 삶을 살고 있는지 객관적이고도 투명하게 관찰 할 수 있어야 한다.

마음을 하트라고 하기도 하고 가슴에 있다고도 하는데 그것은 적당한 비유이다. 마음은 심장에서 일어나는 일이다. 마음은 이성과는 별개로 작동한다. 아무리 마음을 진정시키려고 노력해도 심장은 알아서 뛰고 그렇기 때문에 우리들은 위험한 상황에서 벗어날 수 있다. 좋아하는 사람 앞에 서면 심장은 자동적으로 뛰고, 정신 못 차리게 하기 때문에 사랑에 빠진다.

마음과 정신, 감성과 이성, 심장과 두뇌는 양쪽 끝에서 줄다리기를 하고 있다. 자극이 없다면 생각할 수 없다. 심장이 뛰지 않는다면 두뇌는 영양분을 공급받지 못한다. 어떤 것에 마음이 없다면 집중할 수 없다. 마음이나 감정은 합리적으로 살아가는데 상당히 불편한 존재이지만 없어서는 안 되는 필요조건인 것이다.

그러나 우리는 마음을 컨트롤하려고 해서는 안 된다. 다만 이성과 감성이 어떤 소리를 내는지 조율하려고 노력해야 한다. 영혼은 그것들의 중재자이다. 이것은 마치 이성과 감성을 양 끝으로 하는 고무줄과 같다. 영혼이, 즉 참 자아가 마음으로 치우치는 순간 감정은 요동치며 이성은 팽팽하게 긴장된다. 반대로 이성 쪽으로 당겨지면 삶은 건조하고 메마르게 된다. 나는 그 사이에 서서 좌로나 우로나 치우치지 않게 조율함으로써 삶의 아름다운 소리를 연주할 수 있어야 한다.

스스로를 속이는 교환의 속내

사람들은 자기 자신이 문제임에도 불구하고 다른 사람에게서 그 문제의 원인을 찾으려고 함으로써 끝없는 오류에 빠진다. 잘못된 원인규명은 문제를 미궁으로 끌고 들어가기 때문이다.

> "상품의 소유자는 누구나 [자기 자신의 욕망을 충족시켜 주는 사용가치를 지닌] 다른 상품과의 교환에서만only 자기의 상품을 양도하려고 한다."4

여기에서 주목해야 할 점은 자신의 욕망을 충족시켜주는 교환이라는 사실이다. 어떤 상품의 교환이 일어났다면 그것은 자기의 만족을 위한 것이지 타인의 만족을 위한 것일 수 없다. 사람들은 자신의 행동이 마치 전적으로 타인의 이익을 위한 행동인 것처럼 포장하기를 좋아한다. 이것은 자신의 욕망을 스스로 감춤으로써 문제의 원인으로부터 멀어지게 만든다.

사람은 모두가, 타인뿐만 아니라 나 자신도, 욕망을 충족시

---

4 칼 마르크스, 김수행, 『자본론』, 서울: 비봉출판사, 2012, p110

키기 위해 노력한다. 이러한 점에서 사람은 동일선상에 서 있는 것이다. 문제는 누가 자기 상품이 타인에게 더 유용한 것인지를 보여주는 것이다. 그러기 위해서는 첫째 타인의 욕망을 충족시킬 수 있는 물건을 가지고 있어야 한다. 둘째 그 물건이 그들의 욕망을 충족시키기에 매력적으로 보이도록 잘 포장해야 한다.

문제는 각자가 물건을 만들 때 혹은 포장할 때 그것은 교환, 즉 자기의 욕망을 충족시키기 위한 것이라는 점이다. 단순히 자기만족을 위해 어떤 물건을 만들었다면 그는 구태여 교환을 희망하지는 않을 것이다. 왜냐하면 그것 자체가 자기 욕망을 충족하는 것이기 때문이다.

그러므로 어떤 것을 교환했다면 그것은 자기 욕구의 실현이지 그 누구의 욕구를 대변한 것은 아니다. 가령 봉사활동을 했다면 그것은 단지 타인의 행복만을 위한 것이 아니라 그 행동을 통해서 '나는 착한 일을 했다.'라는 만족을 얻기 위함이다. 이들에게는 끊임없는 관심과 칭찬이 필요하다. 진정으로 '봉사를 위한 봉사'를 하는 사람이라면 그 누구의 관심도 필요치 않으며 어떠한 칭찬도 거부할 것이다. 그는 그 행위 자체로 이미 봉사라는 욕망을 실현하였고 그 행위를 자기 자신에게 귀속시킴으로써 칭찬이라는 상품과 교환하려 하지 않을 것이기 때문이다. 여기에서 욕망은 유형有形의 것뿐만 아니라 무형無形의 것도 포함되어야 마땅하다.

교환을 위해서는 판매자와 구매자라는 최소한 두 사람이 필요하다. 그러므로 교환은 사회적 과정이다. 내가 상대방을 비난하는 것은 그 교환의 부당함 때문이다. 그것은 '나는 너에게 유용한 A를 줬는데 너는 나에게 무용한 B를 줬다'는 피해의식이다. 교환은 일방적일 수 없다. 서로의 욕망이 교차할 때만 일어난다. 사람은 자기 욕망을 충족시킬 수 있는 것을 타인에게 양도하지 않는다. 만약 교환을 했다면 A보다는 B가 더 유용하다고 판단했기 때문일 것이다. 문제는 그 판단에 있는 것이지 교환 그 자체에 있는 것이 아니다.

타인에 대한 믿음은 편하게 교환하고자 하는 욕망의 구현이다. 사람에게 가장 어려운 일은 올바른 판단을 내리는 것이다. 올바른 판단을 하기 위해서는 많은 정보를 수집해야 하고, 그것을 분석하고 분류해야 하고, 다시 정말 옳은지 검증해야만 한다. 이러한 절차를 거치는 것은 어렵기도하고 귀찮은 일이기도 하다. 그렇기 때문에 이것을 신용이라는 것으로 대체해 버린다. 신용은 간편한 절차이지 바른 절차는 아니다. 그러므로 신용을 깨뜨렸다고 하여 그것이 타인의 잘못이라고 단정할 수는 없는 것이다. 그것은 편리한 거래라는 자기 욕망이 발현이기 때문이다.

사회문제는 상호간의 교환거래에서 많이 발생한다. 그렇다면 문제 원인의 절반은 어디에 있는가? 자기 욕망을 잘못 보는 것이다. 교환하기 전에 자기의 욕망이 정말 그것인지 꼼꼼히 따져봐야 한다. 이미 잘못된 거래가 이뤄졌다면 내가 어떤 욕망에 눈이 멀었었는지 점검해 보아야 한다. 무조건 타인의 탓으로 돌리는 것은 편리한 방법이다. 하지만 그로인해 바른 원인규명은 할 수 없게 된다.

콩깍지

결혼은 둘이 하나가 되어 가정을 이루고 살겠다는 의식이다. 두 사람이 함께 산다는 것은 물과 기름이 합쳐진 것처럼 어색하고 힘든 일이다. 그럼에도 불구하고 많은 연인들이 결혼에 골인하는 이유는 눈에 콩깍지가 쓰였기 때문이다. 콩깍지는 몇 가지의 장점에만 몰입한 나머지 여타의 수많은 단점에는 눈이 멀게 하는 효과가 있다.

이 사람이 아니면 안 된다는 강한 확신은 서로를 믿는 신뢰로 나아간다. 모든 것을 맞춰서 살 수 있을 것 같고 뭐든 원하는 것을 들어줄 것처럼 행동했다. 저 하늘의 별도 따줄 것처럼 약속하는 것은 빈말이 아니다.

그러나 결혼은 환상이 아니라 현실이다. 꿈에서 깨어나 현실세계로 들어오면 이내 콩깍지는 벗겨지고 상대를 각자 본연의 모습으로 바라보게 된다. 보이지 않던 단점들이 눈에 들어오고 마치 그전에 알고 있던 사람이 아닌 것처럼 느끼게 된다. '사람이 변했다'는 푸념은 부부의 일상적인 대화이다.

사람이 변화되는 것은 각고의 노력 끝에 얻을 수 있는 성과이다. 살을 빼고 근육을 만들기 위해서 얼마나 피땀 어린 노력을 기울여야 하는지 한 번쯤 시도해 본 사람은 익히 알 것이다. 육체적인 변화도 이렇게 힘든데 그 성품을 바꾼다는 것은 얼마나 힘든 일이겠는가? 행동이 모여 습관이 되고, 습관이 쌓여서 성품이 된다. 그만큼 긴 세월동안 만들어진 것이 성품이다. 그것이 하루아침에 바뀔 수 있다면 그것은 기적과 같은 일인 것이다.

결혼은 이런 기적을 하루아침에 만들어 낸다. 그러나 그것은 상대방이 바뀌어서라기보다 내 눈에서 콩깍지를 벗겨낸 결과 생긴 일이다. 관점의 전환은 이렇게 쉽게 사람을 변화시킨다.

사람이 사기를 당하는 것은 사기꾼의 현란한 말솜씨 보다는 자신의 욕망에 기인한다. 사기꾼은 상대방의 욕망이 무엇인지 파악하고 그 지점에서부터 유혹하기 시작한다. 욕망이라는 콩깍지가 끼면 현상을 제대로 볼 수 없게 된다. 누가 봐도 사기인데 그 속으로 빨려 들어가는 것은 내 욕망이 내 눈을 가리기 때문이다.

어떤 것을 선택할 때 자신이 어떤 욕망에 의해서 움직이고 있는지 자세히 관찰해 보아야 실수가 없다. 그러나 일단 욕망에 빠진 사람은 그 과정을 객관적으로 볼 수 없다는 한계가 있다. 그러므로 우선 욕망에 빠지지 않게 스스로를 절제하는 것이 현명한 방법이다. 주기도문에서 "우리를 시험에 들게 하지 마시옵고 다만 악에서 구하시옵소서."[5]라고 기도하는 것은 가장 근본적인 해결책이다. 욕망이라는 시험에 걸리지 않는다면 부당한 거래라는 악에 빠지지 않을 수 있을 것이다.

5 대한성서공회, 『개역개정 성경』, 마태 6:13

지혜의 욕망

모든 인간은 욕심이 있다. 그것이 선한 것이든 악한 것이든, 정신적인 것이든 물질적인 것이든, 긍정적이든 부정적이든, 모두가 일정한 정도의 욕심이 있다. 무엇을 하고자 하는 것은 욕심에서부터 시작된다. 무엇을 갖고 싶다, 무엇을 하고 싶다는 마음 즉 욕심은 그것을 어떻게 실현할 것인가로 확장된다. 나는 이것을 욕망이라고 부른다. 욕심은 생각의 도움을 받아 욕망에 이르게 된다. 욕심은 생각을 자극한다. 생각이 구체화되면 실행에 옮긴다. 어떻게 해야 할지 모르면 행동할 수 없다.

단편적인 행동으로는 욕심을 실현시키기 힘들다. 지혜로운 사람은 큰 그림을 그린다. 지금 당장은 아니더라도 일정한 절차를 거쳐 결국에는 자기 욕심을 채운다. 그러므로 생각이 짧은 사람은 작은 욕망을, 생각이 긴 사람은 큰 욕망을 갖게 된다.

어린아이의 욕망은 어른들에 보기에 하찮은 것이다. 하지만 그들에게는 그것만큼 중요한 욕망은 존재하지 않는 듯이 보인다. 어린이는 사탕 한 개, 장난감 하나를 얻기 위해 최선을 다한다. 그것을 쟁취하지 못하면 세상이 무너지는 듯이 울기도 한다.

어린이가 사탕을 얻으려고 하는 행위를 보면 그가 어른이 되어서 어떻게 더 큰 욕망을 실현하게 될 것인가를 예측할 수 있다. 어떤 것에 끈질기게 매달리는 어린이는 장성한 후에도 그러한 경향을 보일 것이다. 성인이 된 후에 나타나는 기질은 갑자기 생긴 것이 아니다. 어려서부터 꾸준히 반복된 생활패턴이 그러한 성향을 만들어낸다.

어떤 것을 하고자 하는 것도 욕심이지만 어떤 것을 하지 않으려고 하는 것도 욕심이다. 무엇을 하기 싫다는 것은 그것을 가지지 않으려고 하는 것으로 어쩌면 욕심이 없는 것처럼 보인다. 그러나 어디에 들어가고자 하는 것과 마찬가지로 어디에서 벗어나고자 하는 것은 욕심이다.

이 삶을 좋아하는가? 이 삶에 흥미가 있고 애착을 느껴서 영원히 살고자 하는 욕망을 가질 수 있다. 반대로 자신의 삶에서 염증을 느껴서 이 삶을 벗어버리고자 한다면, 살고자 하는 욕망에서 벗어나는 것이 아니라 살고 싶지 않다는 욕망을 실현하는 것이다.

지혜는 큰 그림이고, 긴 생각이며, 미래를 예측하고 대비하는 것이다. 그것은 당장에 욕망을 실현시키는 것이 아니라 언젠가는 실현되리라는 기대를 충족시키는 것이다. 생각이 점점 더 커지면 그에 맞는 욕망을 갖게 된다. 생각이 어릴 때는 작은 것만으로도 욕심을 만족시킬 수 있지만 생각이 장성한 후에는 작은 것으로는 절대 욕심을 만족시킬 수 없다.

욕심에서 시작된 생각은 점점 부풀어 올라 욕망이라는 자기만의 성을 쌓게 된다. 욕망에 갇혀 있는 사람은 자유롭지 못하고 그 세계에 구속될 수밖에 없다. 그 성에서 나가면 자기는 알몸이 되고 위험에 처하게 되리라는 것은 불 보듯 뻔한 일이다. 그러니 사람들은 욕망의 성에서 좀처럼 나오려고 하지 않는다. 욕망은 자신을 보호하는 성城인 동시에 자신을 규제하는 감옥監獄이다.

심령이 가난한 자는 복이 있나니 천국이 저희 것임이요. 심령이라고 거창하게 말했지만 그것은 결국 마음이고, 마음은 무엇을 하고자 하는 것에서 움직이기 시작한다. 심령이 가난하다는 것은 작은 마음을 가지는 것이고 가장 작은 것은 없는 것과 같은 것이다. 없지는 않지만 없는 것 같이 작은 것, 그것이 천국에 이를 수 있는 길이다. 죽으면 천국에 갈 수 있을 것 같지만 욕심이 작지 않으면 죽어도 천국에 갈 수 없다.

쓸데없는 일에 대하여

아이의 등굣길에 공공근로 어르신들이 도로 가운데 화단의 풀을 뽑고 있는 모습을 보았다. 화단에는 꽃이 심겨져 있는 것도 아니어서 미관상 아름다울 것도 없었다. 차라리 철쭉을 빽빽이 심어서 풀이 나지 않게 한다면 어떨까? 풀을 뽑자면 한도 끝도 없을 일이다. 매번 저렇게 노동력을 들여서 관리를 할 바에는 미관상으로나 효율성으로나 나무를 심는 편이 훨씬 나아 보였다. 우리의 세금이 이렇게 쓸데없는 곳에 쓰이는 것이 이내 마음이 쓰였다.

그 순간 우리의 미래상이 마음에 그려졌다. 향후 10년 이내에 인간이 하고 있는 많은 일들을 로봇이 대체하게 될 것이다. 정말이지 인간이 할 수 있는 일은 제한적이다. 일이 없어지는 미래사회에 인간이 할 수 있는 일이란 쓸데없는 일들뿐일 것이다. 즉 노동 그 자체가 목적인 노동을 하게 되는 것이다.

할머니들에게는 우리가 기대하는 효율적인 어떤 일을 해낼 수 있는 능력이 없다. 만약 풀을 뽑는 그 일이 아니었더라면 그들에게는 하이테크에 적합한 그 어떤 노동력도 기대하기 힘들다.

다시 말해 그 일을 만들지 않았다면 그들은 사회에 기여할 어떠한 기회도 갖지 못하게 되는 것이다. 제초작업이 비록 쓸데없어 보일지라도 노동을 할 수 있는 기회를 제공한다는 측면에서 꼭 필요한 일이 아닐 수 없다.

사람이 일이 없으면 무기력해지고 그러면서 삶의 의미를 점점 잃게 된다. 우리가 그토록 희망하는 일에서부터의 자유, 즉 은퇴하고 나서 다시 그 일을 갈망하는 이유는 일을 해내는 성취감이 삶에서 차지하는 비중이 크기 때문이지 않을까?

나는 오늘 얼마나 많은 쓸데없는 일을 하였을까? 따지고 보면 쓸데없는 일이 거의 대부분이지 않을까 싶다. 어떤 측면에서 지금 이 글을 쓰고 있는 것조차도 쓸데없는 일인 것이다.

인간이 만들어낸 물건들은 어떻게든 소비하게 되고, 소비는 공해를 일으킨다. 많이 만들어낼수록 환경오염은 심각해진다. 생산하지 않으면 소비하지 않는다. 소비가 적어지면 환경은 쾌적해진다.

공해는 환경을 어지럽게 만들고 글은 정신을 어지럽게 만든다. 모든 것을 있는 그대로 보지 못하게 한다. 어떤 현상이 꼭 그런 것은 아니지만, 그에 관한 어떤 글을 읽고 나면 그 현상을 그런 시각으로 보게 만든다.

음식에는 다양한 맛이 있다. 그러나 단맛, 짠맛에 길들여진 사람은 다른 맛에 관심을 기울이지 못한다. 그 본연의 맛을 탐닉하지 않는다. 길들여진다는 것, 야수성을 잃는다는 것은 자유를 상실하는 것으로 인간의 본성을 잃는 것이다.

이러나저러나 어짜피 쓸데없는 일이라면 꼭 어떤 것을 생산해 내는 노동이 아니라 노동을 위한 노동 그 자체로도 얼마든지 의미 있는 일이 될 수 있다. 그것은 삶에 활력을 불어 넣는다. 기운이 샘솟게 함으로써 살아갈 수 있게 만든다. 삶이 길어지면 자신을 되돌아 볼 수 있는 시간을 조금 더 확보할 수 있다. 노인이 지혜로울 수 있는 것은 젊은이에 비해 인생을 길게 보기 때문이다.

반추하는 삶

내가 무엇인가를 하고 있을 때 그것은 나를 위한 행동들이고, 타인에게는 어느 정도 해악을 미치게 된다. 나를 성찰하는 시간이 되면 그로 인해 죄책감을 느낀다. 가장 좋은 방법은 아무런 일도 하지 않는 것이다. 그렇게 되면 나에게도 이익이 없지만 타인에게도 해악을 끼치지 않을 수 있게 되기 때문이다.

이렇게 마음먹고 우둑하니 있자니 아무런 의욕도 없고 세상은 공허해진다. 아무것도 하지 않고 사람이 살 수 있을까? 어떤 것을 성취하는 것 자체가 목적은 아니라고 하더라도 그것을 성취하려는 의욕 때문에 사람은 삶을 견딜 수 있게 된다. 정말이지 무기력한 상태로 산다는 것은 물에 젖은 솜 마냥 축 쳐져서 더 이상 그 자체로 쓸모가 없는 상태가 되어버리고 마는 것이다.

내가 누군가에게 효용 가치가 있다고 느낄 때 삶에 의욕을 느낀다. 그 가치는 타인의 인정이나 존경 따위가 될 수도 있고, 현대인들이 좋아하는 돈이 될 수도 있다. 그런 것들이 주어지지 않는다면 도무지 의욕을 불태우기가 힘들어 지는 것이다.

내 글은 어떤가? 아무도 관심 가져주지 않는 글이라면 써질 필요가 있을까? 글은 단순히 자기 생각의 표현이기도 하지만 결국에는 누군가에게 읽혀지는 것을 전제로 한다. 아무리 비밀 일기라고 하더라도 내 상상속의 누군가가 이것을 읽어주기를 기대하는 것이다. 하물며 어딘가에 게시되는 글은 많은 사람의 관심을 받고자 기다리는 어린아이와 같다.

생각은 단지 생각 그 자체만으로도 가치가 있다. 그러나 혼자 보관하고 있는 생각은 그 생명력을 잃고 목표 없는 삶처럼 무기력하게 처지고 만다. 이 글을 읽어 주었으면 하는 바람 때문에 생각은 더욱 자극을 받고 그로 인해 생기를 얻는다. 하지만 누군가에게 공표되는 것이 진정한 목적은 아닌 것이다.

나의 삶은 이렇듯 완전히 독립하지 못하고 사람들에게 기대어 연명하는 기생충인 것이다. 이 세상에 아무도 없고 나 홀로 남겨졌다면 어떤 기분이 들까? 그 공허함, 적막감은 스스로를 파멸로 밀어 넣을 것이다. 이런 상황이라면 누구라도 내 옆에 있어주기만 한다면 무한히 감사할 수 있을 것이다. 그러나 서로는 생존을 위해 서로를 필요로 할 뿐 진정으로 갈망하는 것은 아니다.

다시 나의 삶으로 되돌아온다. 나는 누군가에게 필요한 사람이 되지 않는다고 하더라도 불안해하지 않을 수 있을 것인가? 오로지 내 삶 자체로 만족하며 살 수 있는가?

서울 쥐와 시골 쥐

아들을 보러 서울에 왔다. 서울의 거리는 화려하다. 길을 걷는 사람들은 한껏 치장을 하고 출근을 한다. 시골 사람들이야 논이고 밭에서 일을 해야 하기 때문에 예쁘게 차려 입을 수가 없다. 그것은 금세 땀으로 범벅이 되고 예쁜 것은 거추장스러워진다.

사람들은 아름다움, 예쁨, 화려함을 좋아한다. 그것을 따라잡기 위해서 안간힘을 쓴다. 예쁘게 가꾸기 위하여 돈을 쓴다. 서울에서의 삶이라는 것이 녹녹치는 않을 것이다. 높은 집세와 물가는 농촌에서는 상상하기 힘든 수준이다. 그럼에도 사람들이 서울을 동경하는 이유는 이러한 화려함에 있는 것 같다.

어제 저녁에는 한강변으로 자전거를 타러 갔다. 많은 사람들이 나와서 자전거를 타기도 하고 걷기도 하면서 저녁 풍경을 즐기고 있었다. 강변으로는 화려한 조명들이 불야성을 이루고 있다. 그 길을 걷는 사람들도 그냥 허름한 옷차림이 아니라 그 분위기에 맞게 갖춰 입었다.

낮에는 집 주변 공원에서 운동을 하였다. 낮이라 젊은이는 거의 없었고 대부분이 나이 드신 분들이다. 비슷한 옷차림에 비슷한 동선으로 걷고 있는 그들을 보니 무슨 공장에 와 있는 듯 한 생각이 들었다. 같은 행동을 반복적으로 하는 것이다. 같은 길을 계속 돌고 있다.

이런 낮 동안의 한적한 공원의 모습과는 다르게 밤의 한강변은 젊은이들의 향연이라고 해도 과언이 아닐 만큼 발랄함이 느껴진다. 중간 중간이 들어선 카페에는 사람들이 많이 들어 차 있다. 그 속에서는 무슨 공연이라도 했는지 분장을 한 사람들이 천천히 걸어 나온다. 이들은 모두가 아름답다.

나는 서울의 삶을 막연하게 비관적으로 생각해 왔다. 그러나 그것은 내 편견이었다. 이곳에는 분명 사람들이 좋아할 만한 것이 있었다. 삶의 동경이랄까? 나는 서울의 효율적인 면만을 생각했던 것이다. 공기가 나쁘고 생활비가 많이 들고 복잡하다. 시골에서는 10분이면 갈 거리를 한 시간도 넘게 걸린다. 이렇게 비효율적인 공간에서 사람들이 우글우글 모여서 살 필요가 있을까? 우리가 얻은 방 한 칸 전셋집이면 시골에서 큼지막한 집을 짓고도 남을 돈이다. 나는 시골에서 한적하게 사는 것이 도시에서 각박하게 사는 것보다 낫지 않겠는가 하고 막연하게 생각했던 것이다.

불나방은 불을 향해 뛰어든다. 그들은 그 속에서 죽을 것이라는 것을 알았을까? 단지 불나방은 그 화려함을 동경했을 따름이다. 우리는 불나방을 보면서 참으로 어리석다고 생각한다. 뻔히 죽을 줄 알면서도 그 속으로 뛰어들다니. 그러나 우리들 인간도 다름 아닌 불나방과 같은 존재인 것을 새삼 깨닫게 된다.

인간은 특별한 존재가 아니다. 그냥 다른 동물들과 같다. 다른 것이 있다면 자기 좋을 대로만 행동한다는 사실이다. 이마저도 마찬가지다. 동물들도 자기가 좋으면 하고 싫으면 하지 않는다. 좋을 일을 주어야 그들도 움직이는 것이다. 뭔가 미끼를 주면 그것을 물려고 달려든다. 미끼를 무는 물고기는 뇌가 있는지 의심이 들지만 배고픈 자에게 먹을 것을 주는데 받아먹지 않을 위인은 없을 것이다.

우리의 사고라는 것은 지극히 개인적인 것에서 벗어나지 않는다. 그 개인적인 생각을 일반화시키는 오류를 범하는 것이다. 내 생각이 절대적으로 옳다고 믿는 것은 그것이 내가 경험한 것에 의거한 판단이기 때문이다. 그러나 그 경험은 나의 경험이지 우리 모두의 경험은 아니다. 단 한 번의 경험이 그 사람의 인생을 바꿀 수 있다.

나이가 많아지면 그러한 경험들이 쌓이게 된다. 사람은 습관에 의해 산다. 습관적으로 갔던 길을 가고 하던 일을 한다. 이렇게 고착화된 습관은 고치기 힘들다. 언제나 같은 길을 가는 사람이 새로운 경험을 하기란 쉽지 않다. 그 곳에서 오늘 일어나는 일들은 어제와 비슷하다. 그 비슷한 경험들을 하면서 어제가 오늘과 같다고 생각해 버린다. 이렇게 반복적으로 주입된 지식들은 자신의 가치 판단에 중요한 척도가 된다. 이렇게 내린 판단이 얼마나 부족한 근거에 의한 것인지는 생각할 겨를이 없다.

오늘도 서울의 이상한 마력에 이끌려 사람들은 몰려들고 있다. 그 힘에 취해 오늘도 하루를 살아간다. 설혹 그것이 우리를 짓누르는 것일지라도 우리에게는 그것을 거부할 용기가 없다.

어제는 서울에서 집으로 내려왔다. 내려오는 길도 많이 막히긴 하였으나 서울로 들어가는 길은 더욱 정체가 심했다. 거의 몇 십 키로는 차들이 그냥 서있는 것처럼 보였다. 이제 퇴근을 하고 집으로 돌아가는 길이겠지. 서울 사람들은 그런 것을 일상처럼 받아들인다. 아무렇지도 않게 느낀다. 그러나 시골 쥐인 나는 그런 것을 못 참는다. 내가 내려가는 길에서 잠깐 몇 백 미터가 정체된 상태, 그것도 조금씩은 움직이고 있는데도 이렇게 답답한데 거의 서 있다시피 한 저 반대쪽 도로는 얼마나 답답할까? 이리저리 피해 다니며 조금이라도 빨리

가려고 노력한다. 어쩌면 서울 사람들의 인내심은 도로 위에서 길러지는지도 모르겠다. 다 그러려니 하는 것이다. 그런 면에서는 인성훈련이 되는 것 같기도 하고, 참 아이러니 하다.

일주일을 서울에서 보내고 드디어 집으로 왔다. 좁은 집에서 쭈그려 있다가 이렇게 넓은 집으로 돌아오니 숨통이 트인다. 바깥을 보면 온통 초록색이다. 공기는 여전히 거름냄새를 풍기고 있다. 그러나 그 모든 것이 상쾌하기만 하다. 이런 기분이 오래 가야 할 텐데. 아마도 며칠이면 이런 감상은 다 사라지고 말 것이다.

주말은 나에게는 바쁜 날이다. 주중 내내 놀았으니 주말이라도 열심히 일해야지. 그러나 주중에도 완전히 놀은 것은 아니다. 집안 살림 하는 것을 노는 것이라고 하면 전업주부를 모독하는 처사이다. 자본주의에 물들어 버린 우리는 집에서 돈 못 버는 일은 노는 것이라고 생각하기 쉽다. 하지만 내가 밥하고 빨래하고 청소하는 일을 해 보아도 그것은 노는 일과는 거리가 멀다. 집과 일터가 하나로 합쳐진 상태여서 더 스트레스다.

직장인은 퇴근을 하면 집으로 돌아온다. 그러나 주부는 퇴근을 해도 집이다. 그러니 자기 스트레스를 풀 장소가 마땅치 않다. 그러므로 전업 주부에게는 일주일에 하루 정도는 휴가가 필요하다. 다 같이 떠나는 휴가가 아니라 혼자 떠나서 스스로를 정리할 수 있는 휴가 말이다.

직장을 싫어하고 집을 좋아하는 것은 직장인들의 공통점일 것이다. 그러나 자기가 좋아하는 일을 한다면 이야기는 달라진다. 왜 싫은 일을 평생 해야만 할까? 인생은 짧다. 그런데 돈을 벌기 위해서 짧은 인생을 허비한다면 그 얼마나 어리석은 짓인가? 자본주의 사람들은 이렇게 항변할 것이다. 돈이 있어야 하고 싶은 것을 할 수 있고 돈을 벌려면 힘들어도 참아야 한다. 대충은 이런 논리이다. 그러나 돈이 인생의 전부는 아니고 그것이 모든 문제를 해결해 주지는 못한다.

스트레스는 병의 근원이다. 병이 들어서 아프기 시작하면 돈이 아무 소용이 없다는 것을 실감하게 된다. 다른 것은 다 잃어도 절대 잃으면 안 되는 것은 건강과 목숨이다. 그것은 되돌릴 수 없다. 돈을 잃으면 조금 잃은 것이고 명예를 잃으면 큰 것을 잃는 것이고 건강을 잃으면 다 잃는 것이다. 이렇게 소중한 건강을 담보로 돈을 벌고 있다. 사람의 명은 질기다면 질기고 약하다면 약하다. 어느 순간에 죽게 될지 알 수가 없다. '그런다고 안 죽어.' 라고 말한다. 그러나 그러다가 죽기도 한다. 반대는 생각하지 않는다. 항상 뒤편이 있는데 도무지 그 뒤를 보려고 하지 않는다. 3차원에 살고 있으면서 마치 2차원에 사는 것처럼 행동한다.

이렇게 소중한 시간과 소중한 생명을 어디에다 써야 할까? 돈은 조금 못 벌어도 자기가 정말 하고 싶은 일을 하는데 사용해야 하지 않을까? 서울의 화려함을 보면서 나는 서울 생활에 대한 동경이 생겼다. 그러나 그것은 단순한 평가이다. 서울의 향기가 있다면 시골의 향기도 분명 존재하는 것이다. 시골 사람들이 서울 생활을 못 할 것처럼 생각하듯이 서울 사람들은 시골 생활을 못 할 것으로 생각한다. 시골로 내려가는 것을 무슨 죽을 장소로 가는 것처럼 생각하는 것이다. 시골까지는 아니더라도 서울 본사에서 지방 도시로 발령이 나면 거의 좌천이고 죽이는 것이라고 여긴다. 물론 승진이라는 관점에서 그렇게 생각할 수도 있지만, 지방은 사람 살 곳이 못 된다는 믿음 때문에 내리는 결론이 아닐까?

서울이 사람이 살기에 충분히 매력적인 공간이듯이 시골 또한 사람들이 살아가기에 동일한 매력이 있다. 우리는 그 매력에 눈을 감고 있다. 그것을 발견하기에 눈을 부릅뜬다면 결코 그렇게 하찮은 동네는 아닌 것이다.

서울에 비하면 시골은 한층 여유롭다. 한가로이 걸을 수 있다. 눈을 자극하는 예쁨은 없지만 그저 평범한 아름다움이 있다.

서울 사람들은 너무 심한 예쁨이라는 약에 취해 사는 것이다. 처음에는 조금만 약을 먹어도 되지만 일단 중독이 되면 더 심한 것 더 심한 것을 찾게 된다. 처음에는 조금 예뻐도 그것이 눈에 화려하게 보이지만 그것이 일상이 되면 조금 화려한 것은 이제 눈에 띄지도 않는다. 그러니 서울 쥐는 가볍게 치장을 했다고 하더라도 시골 쥐에게는 예쁘게 보이는 것이다. 그런 강한 자극에 노출되다가는 결국에는 강한 마력에 휩쓸려 사는 서울 쥐가 되고 마는 것이다. 그 마약에서 깨어나지 못한다면 결국 불나방처럼 그 속에서 죽어가는 자신을 발견하면서도 그곳을 빠져나오지 못하는 불행한 신세가 될 것이다.

생각의 범위를 넓히지 못하고 다만 자기가 생활하는 그 곳에 가둬둔다면 그것은 정말이지 힘겨운 싸움이 되지 않을 수 없다. 힘든 것을 어디에 토로할 곳도 없다. '서울이 좋았어.'라고 말하는 것은 딱 거기까지이다.

대로 옆으로 조성된 자전거 길을 달린다. 그 옆으로는 한강이 흐르고 있다. 그곳을 달리면서 눈은 즐겁다. 그 분위기가 즐겁다. 그러나 목은 메케하다. 아들은 자전거 탄 다음날 목감기가 걸렸다. 에어컨 바람 때문이라고는 하지만 그 전날 매연을 맘껏 들이킨 탓이라고 나는 생각한다. 나는 집에 있었지만 목이 따갑다.

아들이 열이나니 나조차 덩달아 열이 나는 것만 같다. 그래서 급하게 한약이랑 요거트 데운 것으로 처방을 하고 하루를 지냈다. 다행히 열은 내리고 몸도 개운한 것 같다. 다행이다.

서울 생활을 오래 시키고 싶은 생각은 없다. 그러나 한 번쯤은 경험해 볼 만한 곳이기는 하다. 어떤 것을 경험하는 것은 정말 중요하다. 사람들을 두 부류로 나누자면 무엇을 경험해 본 사람과 경험해 보지 못한 사람으로 구분된다. 어떤 것을 경험해 본 사람은 그것이 어떤 것이라는 것을 안다. 그러나 그것을 안다고 하여 그 모든 것을 이해했다고 볼 수는 없다. 지식적으로 아는 것은 그것을 관념적으로 안다. 그러나 경험은 보다 실제적으로 아는 것이다. 그러니 경험을 강조한다.

경험을 하면서도 항상 주변을 살필 줄 알아야 한다. 시각이 좁은 아이들은 단지 자기 앞에 놓인 상황과 자기가 경험한 그 좁은 것으로 모든 것을 판단한다. 가령 서울 생활을 아름답다고 생각하는 사람은 서울의 아름다운 측면만을 경험했기 때문이다. 반면 서울의 뒷골목이나 공장 생활을 경험한 사람은 그것이 씁쓸하고 어둡다고 생각할 것이다. 모든 것에는 양면성이 있다는 점을 자각한다면 그런 기우는 사라질 것이다.

나는 서울이 사람 못살 곳이라고 생각했지만 실제로 경험해 보니 그렇게 몹쓸 곳은 아니라는 점을 깨닫게 되었다. 내 관념과는 다른 곳이다. 그러나 서울이 화려하다고만 믿는 사람에게는 그 몹쓸 장면을 경험할 필요가 있다. 그리고 화려함과 어두움의 그 중간도 엄청나게 많을 것이다.

단지 내가 경험한 것만을 고집할 때 선입견이 생긴다. 그것은 어떤 고정관념으로서 그릇된 판단을 내리게 만든다. 그 판단이 나를 이끄는 척도가 되지만 그렇다고 해서 그것에 의해 인생이 달라지는 것은 아니다. 인생은 어짜피 짧은 순간이고 내가 조정하려고 하는 그 순간에 끝나고 만다.

삶을 바꾸려면 습관을 바꿔야 한다. 그러나 습관은 최소 몇십 년에 걸쳐 형성된 것이다. 그 습관이 잘못된 것이라는 점을 자각하게 되는 나이는 대략 빨라야 30대정도이고 늦으면 40~50대가 될 것이다. 이렇게 긴 시간에 걸쳐 형성된 습관을 바꾼다는 것이 그렇게 쉬운 일은 아니다. 살아온 시간만큼은 아니더라도 그에 상응하는 시간을 투입해야 습관은 바뀔 것이다. 그렇다면 지나온 시간의 반절을 투자한다면 60이나 70정도가 되어야 습관이 바뀐다는 말인데 그것은 거의 죽을 날이 가까워온 날들로서 변화가 무의미한 시점이 되기도 하다.

거기에 더해 내가 바꾼 습관이 정말로 나를 바른 길로 인도

할 것인지도 미지수이다. 아직 살아보지 않았으므로 그것이 정말 좋다고 경험적으로 말할 수 없는 것이다. 그래서 사람들은 쉽게 그 변화의 노력을 포기하는 것이다. 이렇게 습관적으로 사는 습관은 그냥 평생에 걸쳐 유지된다. 또한 내가 변화시키려고 하는 인생은 내가 조정하려고 하는 동안에 끝나버리고 마는 것이다.

내가 사는 인생은 다른 사람이 사는 인생과 마찬가지로 소중하다. 다른 사람의 삶은 고귀하고 내 삶은 미천하다고 하는 그 잘못된 생각 때문에 자기 삶을 바꾸고자 하는 욕망이 분출된다. 서울의 생활이 소중하고 아름답듯이 시골의 삶도 아름답고 소중하다. 그것을 인정한다면 자신이 반드시 있어야 할 곳을 정해놓지는 않을 것이다. 언젠가 기회가 되어 서울에서 시골로 이사하게 된다면 그것도 좋은 기회라고 생각해야 한다.

서울에서 시골로 이동하는 것을 내려간다고 하고 시골에서 서울로 이동하는 것을 올라간다고 한다. 이런 표현도 고정관념에서 시작된 것이다. 과거 왕조시대에는 왕이 있는 곳이 높은 곳이고 백성이 있는 곳은 낮은 곳이었으므로 반드시 올라간다는 표현을 써야만 했을 것이다. 그러나 지금은 왕이 사는 것도 아니고 똑같은 민중이 사는 곳을 '올라간다. 내려간다.' 등으로 구분

지어 말하는 것은 잘못된 표현이다. 서울로 가고 시골로 간다. 서울이 북쪽에 있으니 남쪽에서 북쪽으로 올라간다는 말이 맞지 않느냐라고 항변할 수도 있다. 그러나 파주에 사는 사람들이 서울로 내려간다는 표현은 잘 쓰지 않을 것이다. 올라가는 것은 방향에 상관없이 낮은 곳에서 높은 곳을 향할 때 사용한다. 산에 올라가고 평지로 내려온다. 바다 속으로 내려가고 수면으로 올라온다. 그것은 높이의 문제이다. 그러므로 우리는 서울로 올라간다는 표현은 버려야 한다. 그래야 사람들의 인식 속에 서울은 고귀하고 높은 곳이라는 인식을 희석시킬 수 있을 것이다.

자유와 독립

아직 새벽이다. 그런데도 집에 불이 켜진 곳이 있다. 이렇게 빨리 하루를 시작하는 사람들이 있구나 하는 것을 새삼 느낀다. 간만에 서울 사는 친구에게서 연락이 왔다. 페이스 북에 글을 올렸는데 댓글을 달았다. 거의 30년 만의 만남이라 서로를 알아볼 수 있을지 궁금하다.

나는 서울에 이렇게 오래 있게 될 줄은 모르고 가볍게 왔는데 하루 이틀 길어지다가 거의 일주일을 머무르게 되었다. 아이와 오래 한 방을 쓰다 보니 부딪치는 부분이 생긴다. 아이를 관리해준다고 생각했는데 아이는 간섭하는 것으로 느끼는 것 같다. 같은 것이라도 그것을 바라보는 측면에 따라 다르게 받아들인다.

자유와 독립은 비슷한 개념이다. 반면 구속과 억압, 보호, 관찰은 다른 면에서 비슷하다. 우리는 자유와 독립을 희망한다. 그러나 그에 따르는 책임과 의무는 소홀히 하기 쉽다. 자유는 억압이 없는 상태이다. 아이들이 부모 아래서 보호를 받는다. 그러나 아이를 밑에 둘 때는 그것을 억압으로 느낀다. 아이가 부모의 보호를 벗어나면 억압도 사라진다. 그만큼 자유로워진 것이다. 그러나 자유의 크기만큼 위험도 증가한다. 위험은 공포를 자아낸다. 공포에 떨던 사람은 다시 보호막을 그리워한다.

부모는 아이가 자신들의 보호막 안에서 만큼의 자유를 누리기를 희망한다. 그러나 아이는 자신의 자유를 침해하지 않는 범위 내에서 보호해주기를 바란다. 이 둘 사이의 조정은 끝이 없다. 얼마만큼의 자유를 부여해야 억압이 아니라고 느낄 것인가?

가령 저녁에 일찍 자는 것은 몸을 회복시키는데 중요하다. 이것은 합의된 사항이다. 그러나 그것이 중요하다는 것을 아는 것과 실행하는 것은 별개의 문제이다. 무엇이든 아는 것을 모두 실천할 수 있다면 그는 정말이지 이상적인 인간이 될 것이다. 문제는 알지만 행동하지 못한다는 데 있다. 일찍 자야 하는데 친구들과 연락하느라 과제를 하지 못한다. 과제가 밀리면 잠자는 시간은 뒤로 밀리게 되고 피곤이 가중되어 결국에는 몸이 아프게 될 것이다. 성장에도 방해가 된다. 이런 결론을 미리 내고 아이에게 어서 통화를 끝내고 과제를 하라고 다그친다. 오래 참은 만큼 말이 곱게 나가지 않는다. 그러면 아이의 마음이 상한다. '왜 나를 간섭하는가? 나는 정말 자유롭지 않다. 독립하고 싶다.' 이런 생각을 하게 될 것이다. 그러나 그것은 독립이 무엇을 의미하는지 알지 못한 처사이다.

독립이란 그 누구의 도움도 받지 못하는 상태이다. 과거 친일파들이 독립을 반대했던, 아니 일본의 보호 아래 놓이는 것을 정당하게 받아들였던 이유이기도 할 것이다. 친일파들이 판단하기에 당시의 조선은 미개한 나라였다. 서구 열강들은 신분의 평등이라든지 민주주의라든지, 자본주의, 공업, 상업의 발달로 눈부시게 발달하고 있었다. 그것이 화려하고, 예쁘고, 좋아 보였을 것이다. 그러나 조선은 어떠한가? 조정은 권력다툼에 물들어 있고 기술은 낙후되었으며 그것을 미천한 것이라 하여 발전시킬 생각조차 하지 않는다. 이렇게 하다가는 발전은커녕 밥 먹고 살기도 힘들 것 같다. 그러니 일단은 일본의 보호 아래서 발전을 도모하는 것이 필요하다. 이런 생각이지 않았을까 상상해 본다. 그러나 일본은 진정으로 조선을 위하지 않았다. 그들이 투자하는 것, 즉 보호하고 가꾸고 발전시키는 것은 대륙을 지배하려는 욕망 때문이었다. 이런 상호간의 다른 관점이 분쟁이 되고 한편에서는 독립을 한편에서는 억압을 주장하는 것이다. 억압을 좋은 말로 하면 보호다. 보호는 억압의 순화된 표현이다.

이렇게 보호와 자유는 상반된 개념을 가진다. 그러나 부모는 아이가 잘 독립하기를 희망한다. 언제까지나 부모의 밑에서 생활할 수는 없는 것이다. 장성하여 가정을 이루고 스스로의 삶을 개척해 나가야 한다. 그러기 위해서는 자유를 누리는 훈련이 병행되어야 한다. 자유란 신체적 자유뿐만 아니라 경제적 자유가 뒤따라야 한다. 그것은 곧 경제적 독립을 의미한다. 자본주의 사회에서 독립이란 경제적 독립이다. 돈은 사람에게 편의를 제공한다. 자본주의 사회에서는 부의 크기만큼 자유를 누릴 수 있다고 믿는다. 돈이 있어야 어떤 것을 살 수 있는 자유가 주어진다. 어디를 들어갈 수 있는 자유가 주어지고, 먹을 수 있는 자유를 누릴 수 있다. 돈이 없으면 그런 자유는 모조리 박탈당한다. 아이들은 자본주의적 자유를 누리기 위해 부모에게 손을 벌린다. 아이들에게 부모는 돈의 원천이다. 부모는 직장에서 돈을 번다. 직장이 돈의 원천이다. 그러므로 부모는 직장에 구속되고 아이는 부모에 구속된다.

돈을 주는 쪽은 그것을 받는 쪽에게 억압을 행사한다. 회사라는 보호 아래서 사람들은 자본주의의 자유를 누린다. 그 자유를 누리기 위해서는 회사의 억압을 견뎌야만 한다. 어떤 사람이 뛰어난 실력을 가지고 있다고 하더라도 회사라는 브랜드를 떠나면 엄청난 고난에 처하게 된다. 시스템은 하루아침에 만들어진 것이 아니다. 회사라는 시스템이 있기 때문에 그 안에서 자신의 능력을 자유롭게 발휘할 수 있게 된 것이다. 그 모든 것을 탈피하고 완전한 자유를 외친다면 그는 자본주의로부터 벗어난 사람이 될 것이다.

내가 무엇을 얻는다는 것은 무엇을 잃는다는 것과 같다. 얻고 잃는 것은 동전의 양면과 같다. 얻기만 하고 잃을 수 없으며 잃기만 하고 얻지 못할 수 없다. 무엇을 주면 무엇을 얻는다. 다만 그것이 명확히 보이지 않을 따름이다. 아침이 오면 어둠은 사라진다. 저녁이 되면 빛은 사라진다. 이렇게 밤과 낮, 음과 양은 서로 돌아가며 나타난다. 사람은 시간을 주고 돈을 얻는다. 돈을 주고 편의를 얻는다. 편의를 거부하면 그만큼의 돈이 쌓인다. 물건을 주고 돈을 받고 칭찬을 주고 신의를 받는다. 맘에 없는 칭찬은 감정의 소비이다. 내 감정을 지출했기 때문에 상대방은 그에 대해 자신의 감정을 지출하게 된다. 감정을 댓가로 돈을 받기도 한다. 이 세상에 수많은 감정 노동자들이 있지 않은가? 3차 산업사회에 있는 우리는 거의 대부분 감정으로 노동을 하고 있다. 사람의 관계에서 감정의 소비는 점점 늘어만 간다. 어쩌면 그런 감정 소비를 줄이기 위해서 개인주의가 성행하는지도 모른다. 그러나 그러한 판단은 소비의 한 측면만을 보기 때문이다. 감정을 소비하고 무엇을 얻는가에 초점을 두지 않고 단지 '내가 감정을 소비했다. 내 감정은 소중하다.'는 관점에서만 보기 때문에 그것을 기피하게 되는 것이다. 무엇을 소비했다면 반드시 무엇을 얻는다. 그것이 내가 원하는 것인지 아닌지는 별개로 하고, 내 수중에 떨어지는 것이 분명 있기는 한 것이다. 그럼에도 자신은 지출만 하고 얻는 것이 없다고 믿는다면 그는 한쪽 눈을 감은 것이나 다름없다.

우리가 어떤 사회를 떠나지 못하는 것은 그것으로부터 얻는 이익이 존재하기 때문이다. 그 속에서 아무것도 얻지 못한다고 판단이 서면 두 말없이 떠나고 말 것이다. 회사원이 그 회사가 더럽고 아니꼽고 치사해도 붙어 있을 수밖에 없는 이유이기도 하다. 이렇게 우리는 우리가 지출하는 것과 얻는 것 사이에서 끊임없이 고민을 한다. 거래에서는 누가 더 머리를 많이 쓰느냐에 따라 이익이 달라진다. 머리를 쓴다는 것은 자기에게 더 이익이 되는 방향을 생각해 내는 것이다. 그리고 그것의 범위가 넓어지고 이익의 크기가 커질수록 그 사람을 지혜롭다고 칭찬한다.

단지 자기 자신만의 이익을 추구할 때 그 사람을 이기적이라고 비난한다. 그러나 그 이익의 범위에 내가 포함될 때 그를 지혜롭다고 칭찬한다. 지혜란 다름 아닌 보다 크고, 긴 시간동안 얻을 수 있는 이익을 창출해 내는 생각이다. 이 세계를 보호하는 것은 나에게 이익이 된다. 나도 그 세계의 일원이기 때문이다. 그런 생각을 해낸 사람을 지혜롭다고 하는 것이다. 지혜를 추구하는 것은 좁은 의미에서는 이기주의를 부추기는 것과 다름없다.

아무에게도 이익이 되지 않는 일을 해야만 한다면 사람들은 그를 비난할 것이다. 그러나 어떤 이상理想은 좁게 보아서 손실이지 넓게 보면 이익이다. 가령 자연을 보호하기 위하여 탄소 배출을 줄이자는 것은 모든 사람에게 이익이다. 그것은 우리가 살아갈 환경을 가꾸는 것이기 때문이다. 그러나 그것이 단기간에 실질적인 이익이 되지 않는다는 이유로 거부하고, 자신의 이익과 무관하다고 생각한다면 그는 어리석은 사람이고 지혜롭지 못한 사람이다. 이렇게 어리석은 것과 지혜롭지 못한 것은 상통한다. 만약 지혜가 다 이런 식이라면 사람들은 그것을 칭송하지는 못할 것이다. 지혜의 댓가로 자기를 희생해야만 한다면 지혜롭게 되기를 희망하는 사람은 없을 것이다.

솔로몬이 지혜로운 것은 어떤 판단에서 정확한 이해가 전제되었기 때문이고 그 이익이 정당한 사람에게 돌아갔기 때문이다. 그러나 솔로몬은 잠언이라는 회고록에서 지혜가 다 쓸데없다고 고백한다. 지혜를 추구하였고, 그것을 최대한으로 실천한 사람으로서 헛되다고 하는 것은 지혜를 신봉하는 우리를 향해 던지는 배신의 메시지이다. 우리는 그것을 위대하고 훌륭한 것으로 믿고 따르고 있는데 말이다.

지혜의 본 모습을 본다면 누가 그것을 칭송할 수 있겠는가? 우리는 다만 지혜롭기를 희망하기 보다는 자신의 삶에 충실하기를 희망해야 한다. 지혜는 덜 주고 많이 받는 방법이다. 덜 소비하고 더 크게 느끼는 효용이다. 인간의 이기심은 그 끝이 없다. 이 세상을 다 가진다고 하더라도 오히려 부족할 것이다. 이런 이기심을 충족시키기 위해서 지혜를 사용한다면 그것을 달게 받아들일 사람이 어디에 있을까?

현대 한국 사회에 교회가 이렇게 성행하는 것은 예수의 가르침의 그 본 뜻을 알지 못하기 때문이다. 교회에서는 복을 빌어준다. 복을 받아 승진하고, 시험에 통과하고, 돈을 많이 벌게 해준다. 그리고 심지어 죽어서 천국에 들어가게 해준단다. 이 좋은 것을 마다할 사람이 어디 있겠는가? 교회에서의 이런 설교는 예수의 가르침에 전적으로 위배된다. 예수는 가진 것을 모두 가난한 사람에게 나눠주라고 하였다. 살려고 하지 말고 죽으려고 하라고 하였다. 비판하지 말고 있는 그대로를 바라보라고 하였다. 이 것들은 인간으로서 행하기 힘든 과제였다. 그러나 그것을 다 행한 사람은 하늘에서 상이 크다고 했는데 그것이 천국일지 금전적 보상일지는 아무도 모른다.

하늘나라가 우리가 상상하는 그 화려하고 예쁜 그런 모습일까? 단지 상을 받는다니까 사람들은 좋은 것이겠지 라고 막연하게 믿어 버린다. 네 이웃을 네 몸과 같이 사랑할 수 있겠는가? 네가 가진 모든 것을 가난한 사람에게 나눠줄 수 있겠는가? 이것은 예수를 직접 대면해서 들은 사람도 거부한 아주 어려운 말이다. 그것을 자기가 존경해 마지않던 선생에게서 직접 얼굴을 맞대고 들은 명령이다. 그럼에도 그들은 그것을 따르지 못했다. 오늘날 한국 교회에 예수가 나타난다면 사람들은 그를 향해 이단이라고 소리 지를 것이다. 자기가 믿은 예수는 그런 사람이 아니라고 말이다. 우리는 예수라는 실존을 믿은 것이 아니라 예수라는 우상을 믿고 있다. 그는 황금손이고 마이더스의 손이다. 무엇이든 손만 대면 병이 낫고, 돈이 벌린다. 부자가 된다. 실상 예수가 손을 얹으면 병이 나았다. 목회자들은 그것을 가지고 모든 일을 할 있다고 설교한다. 물론 그 모든 일에는 자신들이 부자가 되는 일도 포함된다.

그러나 그것은 잘못된 가정이다. 왜냐하면 예수는 부자가 되는 것을 극도로 경계했기 때문이다. 부자가 천국에 들어가는 것은 엄청 어렵다. 거의 불가능하다. 낙타가 바늘귀를 통과하는 것보다 어렵다고 했는데 이는 와전된 것이라는 해석도 있다. 그러나 그것이 힘들다는 점은 동일하다. 이렇게 부자가 되지 말라고 경고했음에도 불구하고 사람들은 부자가 되기를 희망하고 그것을 위해서 예수를 팔아먹는다. 정말 엄청난 코미디가 아닐 수 없다.

어떤 것에 대해서 자유롭고자 한다면 무한대가 되거나 혹은 무無가 되어야 한다. 명품에 관심이 없는 사람은 그것에 대해서 자유롭다. 갖고자 하는 마음이 없으니 그것에 억압되지도 않는다. 자본주의 사회에서는 가지고 있는 돈의 크기만큼 자유로울 수 있다. 그러나 돈에 대한 관심을 버리는 것만이 돈에서 완전히 자유로워질 수 있는 유일한 방법이다.

선생

명절이라고 해서 이것 저것 선물을 받는다. 선물이라는 것은 그것이 무엇이든 항상 기쁨을 준다는 이익이 있는 반면 다음을 또 기대하게 한다는, 즉 욕심을 불러일으키게 한다는 측면에서 해악이 있다. 선물은 머니 머니 해도 머니가 최고다는 우스게 소리가 있다. 그러나 그것은 상품의 가치를 절대 평가함으로써 그 기대를 무한대로 키우게 한다는 측면에서 가장 최악의 선물이 될 것이다.

선생에는 세가지 부류가 있다. 하급은 학생이 열심히 노력해서 일군 결과를 잘 가르친 선생의 몫으로 돌리는 사람이다. 중급은 학생이 선생과 공동의 노력으로 이루었다고 생각하게 하는 사람이다. 상급은 선생이 다 해줬는데 학생은 스스로 했다고 믿게 하는 사람이다. 최상급은 선생의 존재를 느끼지 못하게 하는 사람이다.

나는 어떤 사람인가. 나는 선생이라고 불리기를 좋아하고 다른 사람이 나를 그렇게 봐주기를 희망하는 사람이 아닌가? 그런 의미에서 이미 나는 좋은 선생이 되는 것을 포기해야만 하는 그런 지경이다. 누군가가 명절이라고 해서 '선물을 해야 할까?' 라고 생각하게 했다면 나는 하급 선생이라는 것을 증명하는 샘이 된다.

이유야 어찌 됐던 그들은 내가 가르치고 있다는 것을 감지하고 있다는 점이다. 그것은 최소한 나와 동등한 위치에서 나를 생각하게 해야만 하고 더 나아가 나를 더욱 밑으로 생각하게 해야 하는 그런 경지가 되어야 함에도 나는 스스로를 높이고 그들이 성취한 소정의 성과를 가로채는 인간인 것이다.

이것은 전혀 그러한 의도가 아니었다고 항변한다. 그것과 이것은 별개인 것이다. 그러나 내가 그러한 사상을 갖지 않았다면 그들은 이런 행위를 하지 않았을 터이다. 그러므로 그 행위에 대한 책임은 오로지 나 스스로에게 있다.

우리는 끊임없이 누군가의 판단에 순응하도록 강요받고 있다. 내가 하는 생각들은 항상 불완전하다는 무언의 압력을 받고 있는 것이다. 우리는 무엇을 해야만 하는가? 타인의 판단 그 자체를 받아들이기 보다는 그들이 판단하는 방식을 배워야만 한다. 스스로 생각하게 하는 것을 자극해야 한다는 것이다. 대상을 전혀 새로운 관점에서 바라보는 훈련은 이런 점에서 필요하다. 이것에서부터 독창성은 싹이 튼다.

중요한 것은 그것이 맞느냐 틀리느냐가 아니다. 좋으냐 나쁘냐도 아니다. 다만 우리가 생각했다는 그 행위이다. 그 작은 행위들은 모여서 큰 지혜로 그리고 결국에는 깨달음의 경지로 나를 인도하게 할 것이다.

눈앞에서 벌어지는 일 하나 때문에 일희일비 하지 말아야 할 것이다. 그것은 다만 지나가는 과정일 따름이다. 이 또한 지나가리라. 그러나 지나가는 그 모든 것의 총합은 나의 의식수준이 된다.

다시 생각해야할 점 하나.

그 어떤 권위자의 말이 정답이 아닐 수도 있다는 가능성과 마찬가지로 내 생각이 정답에서 멀리 떨어져 있다는 생각을 항상 열어둬야만 한다. 자기 생각이 중요하다고 하면 다른 사람의 생각은 무시하라는 말처럼 들린다. 그러나 모든 생각들은 존중되어야 한다는 것이 더 정당할 것이다.

돈 버는 법

타인이 좋아하는 것을 해낼 수 있어야 돈을 번다. 요리사는 사람들이 좋아하는 음식을 만들어 내야 한다. 진행자는 청중이 듣기 좋아하는 말을 해야 하고, 작가는 독자가 읽기 좋아하는 글을 써야 한다. 선수는 관중이 좋아하는 플레이를 해야 한다. 유튜버는 '좋아요'와 '별풍선'으로 그 연봉이 결정된다. 많은 사람이 좋아할수록 돈을 벌 수 있는 확률은 높아진다. 그래서 사람들은 '좋아요'를 그렇게 갈망하는지도 모른다.

사람들이 나를 좋아한다는 것은 그만큼 자신이 대중에서 노출되는 것을 의미한다. 음식을, 말을, 글을 좋아하는 것은 그것에만 그치지 않고 그 사람의 내밀한 사생활까지를 들여다보게 한다. 연예인의 일거수일투족은 감시의 대상이 되고 일반인이었으면 그냥 넘어갈 수 있는 것들도 문제가 되고 비난의 대상이 되기도 한다.

그런 의미에서 우리는 자유를 주고 돈을 산다. 돈이 인간을 자유롭게 해준다고 생각하지만 돈을 버는 과정 속에서 자유는 박탈된다. 돈은 철저하게 내가 원하는 것이 아닌 타인이 원하는 것을 하도록 강요한다.

돈이 없으면 생활에 제약이 많다. 가고 싶은 곳에 갈 수가 없고, 먹고 싶은 것을 먹을 수 없다. 하고 싶은 것을 맘껏 할 수 없는 상태를 사람들은 부자유라고 생각하지만 이것은 자유라기보다 욕구의 충족이다. 자유는 구속이 없는 상태로 그것을 자의로 벗어날 수 있느냐 없느냐에 의해 결정된다. 자신의 욕구에 구속되는 것은 그 욕구를 버림으로써 스스로 그것을 타파할 수 있는 반면 타인에 의해서 구속되는 것은 타인의 의지로서만 해방이 가능한 것이다.

프로와 아마추어의 차이는 그 전문성에 있는 것이 아니라 돈의 개입에 의해 결정된다. 아마추어는 그 일 자체에 초점이 맞춰지는 반면 프로는 철저하게 돈에 의해 움직인다. 프로의식을 가지라는 말은 '네가 좋아하는 일'이 아닌 '대중이 좋아하는 일'에 관심을 가지라는 의미이다. 대중의 관심은 곧 돈이기 때문이다.

직업을 선택할 때 자신이 좋아하는 일을 찾으라고 조언한다. 또 한편으로는 자기가 진짜 좋아하는 것은 직업으로 갖지 말기를 권고한다. 직업이 되는 순간 그것은 일이 되고 싫어지게 되기 때문이다. 직업이란 무엇인가? 다른 사람을 위해 서비스 하는 것이다. 서비스의 대가로 돈을 받는다. 서비스에서 나는 배제되고 그 자리를 고객이 차지한다. 나의 주인이 바뀌는 셈이다. 최소한 돈을 벌고 있는 당시에는 그러하다. 심지어 돈을 받고 있지 않은 순간에도 자신의 주인이 되지 못한다. 그것을 직업병이라고 부른다.

우리는 돈과 자유 사이에서 끊임없이 선택을 강요당한다. 자유를 선언하자니 돈이 없고 돈을 따르자니 억압되는 것이 싫다. 직장인은 출근하는 것 자체가 큰일이다. 직장에 도착하는 순간 자유는 사라지고 사장의 말에 복종해야 하기 때문이다. 자유를 주고 월급을 받는다. 누구나 자유롭고 싶지만 자유하기란 쉽지 않다. 알렉산더 대왕은 '내가 알렉산더가 아니었더라면 디오게네스였을 것이다.'라는 유명한 말을 남겼다. 디오게네스는 거지에 보잘 것 없는 사람이었는데 무엇이 그렇게 좋아보였을까? 어떤 것에도 얽매이지 않는 자유이지 않을까? 알렉산더는 세계를 정복했지만 디오게네스는 자기 자신을 정복했다. 누구나 세계를 정복할 수는 없다. 하지만 아무리 하찮은 사람일지라도 자기 자신을 정복할 기회는 주어진다.

경청

다른 사람의 말을 경청하는 것은 얼마나 어려운 일인가? 나는 오늘 아침 독서모임을 하면서 내 이야기 말고 다른 사람의 이야기를 잘 듣겠노라고 다짐했다.

다른 사람의 이야기를 경청하는 것은 listen & repeat에 있다. 그 사람의 말을 듣고 반복하는 것이다. 그러나 막연히 그 말을 반복하는 것은 어딘가 어색해 보인다. 그래서 기껏 한다는 것이 고개를 끄덕이고 미소를 짓는 것뿐이다. 그렇게 다른 사람의 말을 듣고 있자니 그 말들이 내 머리를 자극해서 생각의 나래를 펴기 시작한다. 결국 나는 그의 말을 듣지 않고 내 생각 속으로 빠져든다. 그리고 상대방의 말이 끝나기도 전에 내 말을 시작한다.

사람들은 타인 앞에서 말하는 것이 어렵고 듣는 것은 쉽다고 생각한다. 그러나 차라리 내 말을 하는 것은 쉬운 편에 속한다. 타인의 말을 듣고만 있는 것은 지루한 일이다. 그래서 아주 재미난 강사가 아니고서는 청중을 집중시키기 힘들다. 말하는 것은 쉬워도 듣기는 어렵다. 말하는 것이 어려운 것은 청중으로 하여금 듣게 하기가 힘들다는 말이다. 핵심은 듣는 것에 있지 말하는 것에 있는 것은 아니다.

어떻게 하면 잘 들을 수 있을까? 나와 가까이 지내는 사람이 내가 왜 듣지 못하는지 깨닫게 해 주었다. 그것은 내가 똑똑하다는 생각 때문이란다. 정말 그렇다. 나는 내 생각이 현명하고 똑똑하다고 자만하기 때문에 다른 사람의 말을 하찮게 여긴다. 내 입장에서 보자면 그들의 말은 어리석은 것이다. 나는 그들의 어리석은 생각을 바로잡아 주어야 한다는 의무감에 빠져든다. 그래서 곧바로 내 '현명한' 말을 내뱉을 수밖에 없다.

말만 그런 것이 아니고 글도 똑같다. 현명한 독자들은 저자의 글에 귀를 기울이지 않는다. 읽는 즉시 '현명한' 판단을 내린다. 그러고 보니 나는 훌륭한 독자도 못되는 것이다. 내 생각에 빠져 듣고, 내 생각으로 읽는 아주 형편없는 청자이고 독자였다.

세상에서 가장 잘 들어주는 사람은 옛날 어머니들이다. 일자무식이라도 아들이 하는 말은 있는 그대로 받아준다. 아들이 속상한 이야기를 하면 같이 아파하고, 부당한 일을 당해 험담을 하면 같이 욕하고, 좋아하면 같이 흥겨워 한다. 비록 그것이 진실이 아닐지라도 그런 것은 중요한 것이 아니다. 아들 앞에서는 온전히 수긍하면서도 홀로 남겨졌을 때 아들의 바르지 못한 판단에 대해서 근심하는 것이 어머니이다.

우리는 타인의 말을 들을 때 재판장이 되어서는 안 된다. 판단은 스스로 하는 것이지 누가 대신해 줄 수 있는 것이 아니다. 사람들은 자신이 해결하지 못하는 문제를 들고 여러 사람의 의견을 구한다. 그중에 어떤 것은 취하고 어떤 것은 버리게 되는데 그 판단은 이미 자기 자신에게 있는 것이나 다름없다. 누군가 자신의 의견에 동조해 주기를 기대하는 마음으로 자문을 구하는 것이다.

설혹 어떤 사람이 자신의 판단을 나에게 위임한다고 하더라도 그것에 선뜻 응해서는 안 된다. 내가 그의 인생을 대신 살아 줄 수 없듯이 내가 그의 선택을 대신해 줄 수 없다. 내 조언이 옳은 선택이었다면 그는 끊임없이 나에게 의존할 것이다. 시간이 지날수록 그의 자립심과 자유의지는 훼손된다. 그러므로 그 당시에는 아주 현명한 조언이라고 하더라도 인생이라는 긴 안목에서 보자면 어리석은 행동이 아닐 수 없다. 반면 내 조언이 그릇된 선택이었다면 엄청난 비난을 감수해야만 한다. 그것이 중대하면 할수록 그 비난의 강도는 세질 것이다.

현명하다고 하는 사람들은 어리석게도 자신의 이런 위태한 상태를 인식하지 못하고 스스로 잘 났다고 떠들어 댄다. 자신의 말만 따르면 만사형통할 것처럼 으스댄다. 사람들은 자기 입맛에 맞을 때는 한껏 띄워주다가 조금만 수가 틀리면 우르르 달려

들어 갈기갈기 찢어발긴다.

위대한 스승은 질문할 뿐 대답하지 않는다. 대답은 하지만 판단하지 않는다. 잘 듣는 것은 좋은 질문을 하는 것이다. 그 상황을 좀 더 잘 공감하기 위해 이해가 부족한 부분을 찾아내는 것이다. 좋은 질문은 상대방으로 하여금 더 많은 말을 하게 만든다.

사람은 말을 하면서 생각을 더 많이 하게 된다. 말하면서 혹은 글을 쓰면서 생각을 정리하게 된다. 생각이 정리되면 자연스레 문제의 해결 방안이 도출되기 마련이다. 정말 위대한 스승이라면 제자가 스스로 길을 찾도록 도와줘야지 제자가 아무런 판단도 하지 못하는 불구자로 만들어서는 안 된다.

물질은 둘로 나눠져 있다. 선과 악, 낮과 밤, 나와 너, 이것과 저것, 여기와 저기, 남과 여 등등. 그러나 정신은 하나이다. 정신은 생각을 통해 공유된다. 생각은 뇌 속에서 일어난다. 신경물질들의 작용으로 전달되지만 그 본체는 보이지 않는다.

우리는 생각을 통해서만 하나가 될 수 있다. 육체는 이미 둘로 나눠져 있기 때문에 나와 너의 경계는 분명하다. 이것들을 아무리 하나로 뭉치려 해도 곧 떨어지고 만다. 억지로 그것을 뭉쳐 놓았다 하더라도 둘 이었을 때 보다 더 불편하다. 그러므로 가장 강력한 접착제로 붙였어도 나중에는 그 불편함을 견디지 못해 떨어지려고 한다.

인간을 하나로 묶어주는 접착제는 결혼, 가족, 친족, 학연, 지연, 사회 등등이다. 우리는 그것들이 필요하다고 느껴서 그 속으로 들어가지만 자유가 억압된다는 것을 깨닫고 뛰쳐나가려고 한다. 하지만 오래된 습관과 나태함, 새로운 것에 대한 두려움 등등 때문에 잔류를 결정한다.

단지 육체적 결합으로만 사회를 유지시킬 수는 없다. 정신을 공유하지 않는다면 사회는 하나가 될 수 없다. 만약 육체적으로만 결혼한다면 그 결혼은 지속될 가능성이 적다. 결혼을 통해서 합법적으로 같이 살 뿐만 아니라 각자의 생각을 조율해 나가야 한다. 생각을 나누지 않고 자기 생각만 고집한다면 여전히 하나가 아닌 둘로 남아있는 것이다. 하나가 된다는 것은 나의 관점이 아닌 우리의 관점으로 세상을 본다는 것을 의미한다.

우리는 3차원 세계에 살고 있다. 2차원 평면과 다르게 3차원 입체는 그것을 보는 각도에 따라 다르게 보인다. 이쪽에서 보면 원형이지만 저쪽에서 보면 삼각형인 경우가 있다. 이쪽에서 보면 사각형이지만 저쪽에서 보면 삼각형인 경우가 있다. 그럼에도 불구하고 내가 보는 삼각형만 맞고 네가 보는 사각형은 틀렸다고 주장한다면 그것은 사물을 제대로 보았다고 할 수는 없는 것이다.

대상이 작은 물건이라면 그것을 돌려서 볼 수 있기 때문에 모든 면을 한 자리에서 관찰할 수 있을 것이다. 그러나 큰 조각상이나 건물이라면 내가 움직여야만 모든 면을 볼 수 있다. 더 나아가 평생을 걸어도 다 볼 수 없는 물체라면 반대편에 있는 사람의 눈을 통해서만 그것을 볼 수 있다.

우리는 지구를 잘 알고 있다고 생각하지만 사실 우리가 본 것보다 보지 못한 부분이 훨씬 많다는 것을 안다. 우리는 새로운 것을 찾아 여행을 떠나지만 내가 사는 지역에도 아직 밟아보지 못한 땅이 존재한다. 자세히 보면 새롭지 않은 것이 없다.

정신의 공유는 타인을 인정하는데서 부터 시작된다. 사람들은 누구나 자기 생각이 옳다고 주장한다. 그렇기 때문에 논쟁은 발생한다. 나는 내 시야에 갇혀 살기 때문에 반드시 내가 보는 부분이 옳다고 느낀다. 모든 사람은 각자의 시각에서 보기 때문에 옳은 것들이다. 타인의 의견을 받아들이는 것은 얼마나 어려운가? 그것은 내가 틀렸고 네가 맞았다는 것을 인정하는 것이다.

공유란 받아들이는 것이다. 말하는 것이 아니라 듣는 것이다. 잘 듣기!!! 이것은 내가 가장 잘 못하는 것이다.

바보에게 자기 의견 따위는 없다. 누가 이렇다 하면 그렇고,

저렇다 하면 저런 것인 줄 안다. 그는 최소한 다양성은 확보하고 있다. 그러나 나만 옳다고 주장하는 사람은 단 하나만 가진 것이다. 과연 누가 더 바보인가?

나는 바보가 되어야 한다. 나는 죽고 너를 살려야 한다. 나를 인정해 주는 사람, 우리는 그런 사람을 좋아한다. 왜 나는 그걸 몰랐을까? 참 바보다.

학교에서 선생은 말하고 학생은 듣는 입장이므로 학생은 듣는 것을 훈련하고 있다고 생각하기 쉽다. 그러나 자세히 살펴보면 이것은 착각이다.

가령 어떤 사람이 투수가 되려고 한다면 투수코치와 포수코치 중 누구에게 배워야 할까? 당연히 투수코치에게 가르침을 받아야 할 것이다. 투수코치는 입문자에게 던지는 자세와 공을 잡는 법 등을 가르쳐 줄 것이다. 그리고 때때로 직접 던지는 것을 보여주며 그대로 따라 하라고 요구할 것이다.

투구 연습을 할 때 포수가 필요하다. 잘 던지기 위해서는 아무래도 잘 받아주는 사람이 있는 편이 도움이 되기 때문이다. 그렇다고 해서 투수가 포수코치에게 훈련을 받을 수는 없다. 그것은 서로 연관된 훈련이지만 엄연히 다른 영역의 활동이기 때문이다.

투수가 투수코치에게 배우듯 말하기는 스피치 선생에게 배우고 경청은 듣기 선생에게 배워야 마땅하다. 교사가 앞에서 말하고 있다면 그것은 스피치를 가르치는 것이지 경청을 가르치는 것은 아니다. 물론 교사가 말을 하고 있다면 학생은 그것을 듣게 된다. 그렇지만 학생의 관심은 듣기 보다는 말하기로 옮겨간다. 학생은 앞에서 하는 행위를 모델링하려고 노력한다. 교실에서 교사는 말하고 학생은 듣는 것이 아니라 교사가 말할 때 학생은 말하는 것을 보고 배운다.

어려서는 말이 많던 아이들이 자라면서 말수가 점점 줄어드는 이유는 처음 말을 배울 때는 조그만 말이라도 해보라고 독려하고 그것을 따라했을 때 과분한 칭찬을 쏟아내는 반면 나이가 들어가면서 어른들의 말에 순종하지 않고 자기 생각을 주장했을 때 버릇없다고 핀잔을 듣기 때문이다. 학생들은 말하기 훈련을 받으면서도 말할 수 없는 안타까운 처지에 놓이게 된다. 투수코치는 던지는 법을 가르치기 위해 자신이 공을 던지면서 학생을 포수 자리에 앉혀놓은 셈이다. 학생은 어떻게 던지는지 배우고 알게 되지만 실전에서 던질 수는 없다. 언제나 던지는 사람은 코치이기 때문이다.

확실히 말하기보다는 듣기가 가르치기 힘들다. 듣기를 가르치기 위해서 교사는 입을 닫고 귀를 열어야 한다. 학생은 발표하고 교사는 경청하는 모습을 보일 때 비로소 학생들은 듣기를 배우게 된다.

듣기 훈련을 하기 위해 두 가지 기술이 필요하다. 첫째 질문은 경청의 중요한 표현이다. 관심 있게 들었다면 궁금한 것이 생기기 마련이다. 생각이 다르고 표현하는 말이 다르다면 그것을 단번에 이해하는 것은 힘든 일이다. 같은 현상을 보고도 다르게 해석하는 경우가 종종 있다. 그렇기 때문에 어떤 말을 들었을 때 질문을 통해서 서로의 생각을 조율해 나갈 수 있다.

또 다른 한 가지 경청의 기술은 요약이다. 발표한 사람의 말을 자기가 이해한대로 요약해 준다면 발표자의 생각에 내가 어느 정도 근접했는지 피드백을 해 줄 수 있다.

듣기는 의사소통에서 중요한 능력이다. 의사소통을 위해서는 말을 잘해야 할 것 같지만 오히려 잘 들어야 한다. 말의 기능은 자기의 생각을 상대방에게 전달하는데 있다. 하지만 말을 했다고 해서 그것이 곧바로 전달되는 것을 의미하지는 않는다. 그것은 상대방이 받아들였을 때 비로소 완성되는 것이다.

다른 사람 집에 들어갈 때를 상상해 보자. 그 집에 들어가기 위해서 가장 먼저 해야 할 일은 무엇일까? 그것은 문을 여는 것이 아닌 노크하는 것이다. 그렇지 않고 문부터 벌컥 연다면 안에서는 깜짝 놀라 문을 닫거나 심지어는 경찰에 신고할지도 모른다. 노크를 하고 상대방이 문을 열어준 다음에야 드디어 들어갈 수 있다.

자신의 생각을 전달하기 위해서는 듣는 사람의 동의가 필요하다. 그 사람이 마음의 문을 열어야지만 들어갈 수 있는 것이다. 그것을 공감이라고 한다. 그리고 상대방의 마음 문을 여는 방법은 그 사람의 말을 들어주는데 있다. 여기서도 give and take의 원리가 통용된다. 내 말을 들어주는 사람이라면 나도 그 사람의 말을 들어주어야 한다는 부채의식을 가진다. 그렇게 자기를 이해해 준다고 생각하는 사람일 때만 비로소 자기 자신도 들을 준비를 하게 되는 것이다.

경청을 배우지 못한 기성세대가 아이들에게 경청을 가르친다는 것은 힘든 일이다. 힘든 일이지만 불가능한 일은 아니다. 우리는 힘든 일을 시도하고 있다. 그러므로 위대하다. 힘든 일을 할 때 실패와 좌절은 필수다. 단번에 성공할 수 있다면 그것은 위대한 도전이라고 말할 수 없을 것이다. 한 번 두 번 실패했다고 해서 물러서지 말고 최소한 우리 다음 세대에서는 경청의 기술을 익힐 수 있도록 각고의 노력을 기울이는 것이 필요하다.

자녀와 함께하기 1

지구라는 교실에서 인생 수업을 받는 우리에게는 단 한 가지 과제가 있다.

'나는 누구인가?'

나를 알지 못하고 수업을 마치면 다음 단계로 넘어가지 못하고 재수강을 해야 한다. 죽음은 끝이 아니다. 어쩌면 우리는 숙제를 다 할 때까지 같은 삶을 반복적으로 살아야 할는지도 모른다.

나를 알기 위해서는 꾸밈없이 나를 드러내야만 한다. 여자들은 예쁘게 보이기 위해서 화장을 한다. 그러나 민낯일 때 진짜 미모를 알아볼 수 있다. 우리는 진짜 '나'와 나라고 착각하는 '나'를 혼동 한다. 가령 흉악범이면서도 자신은 가장 선량한 시민이라고 착각하는 경우이다. 자신이 나쁜 행동을 하는 것은 자기 잘못이 아니라 주변인과 사회의 책임이라고 생각한다. 그렇게 함으로써 자신의 본래 모습을 포장해버린다.

"싱싱 교도소에 수감되어 있는 죄수들 중에 자기 자신을 악인이라고 생각하는 사람은 거의 없다. 그들은 자기 자신을 선량한 일반 시민들과 다를 바 없다고 생각하며 자신을 합리화하고 있다. 그들은 왜 금고털이를 하지 않으면 안 되었는지, 왜 방아쇠를 당길 수밖에 없었는지 그럴 듯하게 설명한다. 그들 대부분은 그럴 듯한 구실을 마련하거나 억지 논리를 내세워 자신들의 반사회적 활동을 정당화하려고 시도하며 자기들이 억울하게 교도소에 수감되어 있다고 단호하게 주장하고 있다."[6]

겹겹이 싸인 껍질을 벗겨내다 보면 창피하고, 흉측스럽고, 더러운 부분이 나타나기 마련이다. 이런 자신의 모습을 보는 것은 대단히 고통스러운 일이다. 이것은 내 진면목이 아니라고 항변하고 싶다. 그러나 그 모습은 거부할 수 없는 자기 자신이다.

우리에게는 부정적인 면이 있는 것과 마찬가지로 긍정적인 면도 존재한다. 선량하고, 부드럽고, 자랑스럽다. 그 본성을 잊어버리고 그만 악당의 길을 걷는 것도 부조화이다. 그렇기 때문에 좋은 면과 나쁜 면, 악한 면과 선한 면을 동시에 볼 수 있어야 한

---

6 데일 카네기 저, 최염순 역, 『카네기 인간관계론』, 서울: 씨앗을 뿌리는 사람, 2010, p.34

다.

아이들이 왜곡된 자아를 형성하지 않게 하기 위해서는 강요된 재능을 갖지 않도록 해야 한다. 부모들은 아이들이 아무것도 되지 않을까봐 미리부터 걱정을 한다. 또한 아무것도 하지 않고 있으면 게임만 하지 않느냐고 항변한다. 그러나 그것은 아이들을 방치하기 때문에 나타나는 현상이다. 간혹 젊은 부모들은 아이가 울면 스마트 폰에서 동영상을 보여준다. 그러면 아이는 금세 울음을 멈추고 영상에 집중한다. 영상매체는 아기를 가장 잘 돌보는 보모이다.

부모는 아이에게 한없는 관심을 쏟아야 한다. 관심이란 간섭과는 다르다. 그들과 언제나 대화하고 그들과 소통해야 한다. 부모 세대에서 좋아 보이는 것, 부모가 선망했던 것들을 아이에게 강요함으로써 부모 자신의 만족을 위해서 아이를 이용해서는 안 된다.

자기 관찰은 자기가 좋아하는 일, 정말 관심 있는 일을 찾아내는 것에서부터 시작된다. 그것은 다만 돈을 많이 벌고, 편한 직업을 갖기 위해서만은 아니다. 어떤 것을 좋아하고 관심을 보일 때 그것이 자발적 의지인지, 친구나 부모, 선생 등 환경의 영향인지 잘 따져 보아야 한다. 어려서부터 자기를 관찰하는 훈련을 하지 못한다면 자라서는 더더욱 자기를 발견하는데 어려움을 느끼게 될 것이다.

대화하는 습관, 관찰하는 습관은 하루아침에 생기지 않는다. 따지고 보면 어떤 능력도 하루아침에 생기는 법은 없다. 그럼에도 자녀와 대화를 한두 번 시도해 보고 잘 되지 않는다고 포기해버린다면 그것처럼 어리석은 일은 없을 것이다.

엊그제는 아들과 수학 문제를 풀다가 신경이 날카로워졌다. 아이는 하기 싫어하고 나는 억지로 시키려고 한다. 물론 처음에는 본인이 필요하다고 요구해서 시작했지만 결국에는 나의 욕심으로 수업은 진행되었다. 나는 무엇을 잃고 무엇을 얻는가 생각해 보았다. 이렇게 불편한 관계가 된다면 대화를 하는데 장애가 발생할 것이다. 어떤 것이 더 중요한가. 수학문제를 푸는 것보다 대화를 하는 것이 더 중요하다고 생각한다. 그래서 나는 과감히 수학 수업을 포기했다.

나는 솔직하게 아이에게 이런 심정을 말해 주었다. 그러나 뜻밖에 자기는 그 필요성을 느끼고 있으며 그럼에도 수학문제를 푸는 것은 힘들다는 것이다. 그렇다면 방법은 한 가지 지루해지기 전에 끝내기. 그래서 타협한 것은 하루 10분 수학공부이다.

대화는 서로의 모습을 보여주는 좋은 도구이다. 자신의 모습은 누구와 이야기 할 때 가장 잘 드러난다. 겉으로 웃고 있어도 속으로는 언짢을 때가 있다. 그러나 말을 하다보면 자연스레 속 마음이 나타나고 그로 인해서 진심을 읽을 수 있다.

'나'를 발견하는 훈련은 어려서부터 시작해야 한다. 어느 하나에 정신이 팔리지 않게 조심해야 한다. 어떤 감각 쾌락적인 부분에 빠져들고, 그것에서 헤어 나오지 못하게 되면 자기는 영영 사라지고 쾌락만 남게 될 것이다.

자녀와 함께하기 2.

자녀와 대화를 나눈다는 것은 말처럼 쉬운 일은 아니다. 공감대가 없는 상태에서 어떤 말을 해도 겉도는 경우가 많다. 아무리 친한 친구라 하더라도 한동안 떨어졌다가 다시 만나게 되면 쉽게 대화를 이어가지 못한다. 기껏 하는 이야기가 옛날을 추억하는 것들뿐이다.

부모는 자녀와 같은 일을 경험함으로써 공감대를 형성할 수 있다. 만약 아이에게 운동을 시키고 싶다면 부모가 같이 운동을 하는 것을 권한다. 운동이 아이에게 좋다면 물론 어른에게도 좋은 것이기 때문이다. 만약 아이에게 어떤 악기를 가를 가르치고 싶다면 부모도 같이 그것을 배워보면 좋다. 어른들은 시간이 없고 그것에 전념할 수는 없지만 그래도 아이의 1/10은 할 수도 있을 것이다.

어떤 면에서는 아이보다 약간 못하는 수준에서 하는 것이 바람직하기도 하다. 어른들은 이왕 배울 것 같으면 시간과 돈이 아까워서라도 열심히 한다. 나는 아들과 같이 드럼을 배우러 다닌 적이 있다. 같이 한 시간을 연습하는데 나는 쉬지 않고 한 시간을 하는 반면 아들은 거의 반 이상을 쉬면서 하는 것이다. 내 눈에는 그것이 성에 차지 않는다. 그러면 자연스레 닦달을 하게 되고 그러면 아이는 그것을 싫어하게 된다. 결국 한 달을 넘기지 못하고 그만두게 되었다.

'그것이 너에게 좋기 때문에 하라고 하는 거야.'라고 말하면서 정작 본인은 하지 않는 것은 말에 어폐가 있다. 누구나 좋은 것은 알지만 그것을 실행하기가 귀찮기 때문에 눈감고 넘어가는 것이다. 부모가 하기 싫고 귀찮다면 아이도 하기 싫고 귀찮아 한다는 것을 공감할 수 있어야 한다.

다만 아이의 일에 부모가 동참할 뿐만 아니라 부모의 일에 아이를 동참시키는 것도 중요하다. 나는 일을 할 때 일부러 아들에게 아르바이트를 시킨다. 아직 어리기 때문에 일반 시급보다도 훨씬 적게 준다. 아이는 부모가 하는 일을 경험하면서 어른들이 어떤 어려움을 이겨내면서 일을 하고 있는지 체험하게 된다. 진정한 체험학습은 특정한 체험학습장에서가 아니라 실생활에서 이뤄져야 한다. 아이는 학교에 다니기 때문에 전적으로 부모의 일을 같이 할 수는 없다. 하지만 한 달에 한 한번이나 재량휴업일 혹은 체험학습 신청을 해서라도 부모의 경험을 나누는 것이다.

동병상련이란 말이 있다. 같은 병에 걸린 사람은 서로의 처지를 잘 알고 가엾게 여긴다. 서로에게 더 가깝게 다가가기 위해서는 같은 병에 걸려야 한다. 부모가 10대의 병에 걸려보지 않고서는 그 아이의 심정을 깊이 이해하기 힘들다. '나도 그 시절을 겪어 봐서 다 아는데' 하는 어른의 시각으로 자녀들을 대하면 '그것은 어른들 생각이고' 하는 자녀의 시각으로 대답한다. 똥통에 빠진 사람에게 밖에 서서 거기는 더러우니 빨리 나오라고 소리쳐 봤자 그 사람은 전혀 나올 생각을 하지 않는다. 그러나 같이 똥통에 빠져서 허우적대다가 '여기는 냄새나고 더러우니 우리 같이 나가자'하면 자연스럽게 따라 나오게 된다. 아는 것과 실행하는 것, 시키는 것과 공감하는 것은 이렇게 다르다.

누가 비난받아야 하는가?

A와 B는 100만큼의 음식에 대한 자제력이 있다. 그러나 먹는 욕구에 대해서 A는 100인 반면 B는 1000이다. 막 태어나면서부터 어느 누구도 '나는 먹보가 돼야지!'하고 각오를 할 수는 없다. A와 B는 부모의 유전적 영향이든, 환경적 영향이든, 어려서부터 받아온 교육의 영향이든, 여러 요인에 의해 욕구의 차이가 생기게 되었다.

A는 아무런 노력을 기울이지 않아도 100만큼의 욕구를 100만큼의 자제력으로 제어할 수 있었고 적정 체중을 유지하고 있다. 그러나 B는 1000만큼의 욕구를 100만큼의 자제력으로 제어한다 하더라도 아직 900만큼의 욕구가 남아 있으므로 그것을 통제하기란 여간 어려운 일이 아니다. 하지만 B는 열심히 노력했고 500만큼의 추가된 자제력으로 음식을 절제한 결과 400만큼의 욕구만을 충족하였다. 하지만 여전히 그는 비만이다.

A와 B중 우리는 누구를 칭찬해야 마땅한가? 위와 같은 자명한 사실로 보자면 A는 자기 능력만큼 노력했고 B는 자기 능력의 5배에 달하는 노력을 기울였으므로 B를 칭찬해야 마땅할 것이

다. 그러나 사람들은 결과로 나타난 현상만을 보기 때문에 A를 B보다 더 좋게 평가한다.

사람은, 명확히 그 원인을 규명할 수는 없지만, 다양한 요인에 의해서 현재의 모습으로 만들어진다. 그것은 자기가 노력해서라기보다는 주변의 여건들이 잘 맞아서 된 것이다. 선한 일을 하는 사람은 자기 자신이 선한 의지를 가져서라기보다 그러한 속성이 잘 드러나도록 돕는 환경에서 자랐기 때문인 경우가 많다.

부모들은 자녀들에게 동일하게 대하려고 노력한다. 하지만 첫째와 둘째는 엄연히 다른 환경에서 자라게 된다. 한 날 한 시에 태어난 쌍둥이라도 엄마 젖을 먼저 먹는 아이가 있을 것이고 똥을 싸고 기저귀를 가는 것에도 순서는 있을 것이다. 이런 작은 차이들은 자라면서 점점 큰 차이로 나타나게 된다.

만약 내 의지로 선한 사람이 되지 않았다면, 즉 부모의 선물로서 혹은 좋은 스승을 만난 댓가로서 그런 성품을 갖게 되었다면 그것은 그 자신이 칭찬받을 일은 아니다. 오히려 그러한 환경에 놓이도록 만들어준 분들에게 감사할 따름이다.

마찬가지 이유로 나쁜 행동을 하는 사람에게도 비난을 가할 수 없다.

"너희 중에 죄 없는 자가 먼저 돌로 치라 하시고 다시 몸을 굽혀 손가락으로 땅에 쓰시니 그들이 이 말씀을 듣고 양심에 가책을 느껴 어른으로 시작하여 젊은이까지 하나씩 하나씩 나가고 오직 예수와 그 가운데 섰는 여자만 남았더라. 예수께서 일어나사 여자 외에 아무도 없는 것을 보시고 이르시되 여자여 너를 고발하던 그들이 어디 있느냐. 너를 정죄한 자가 없느냐. 대답하되 주여 없나이다. 예수께서 이르시되 나도 너를 정죄하지 아니하노니 가서 다시는 죄를 범하지 말라 하시니라."[7]

다만 자신의 행위로 인하여 타인에게 손해를 입혔다면 그 자체로 사죄하고 용서를 구할 따름이다.

나는 오늘 내가 들이마신 미세먼지보다 더 많은 양의 미세먼지를 유발하며 돌아다녔다. 무엇이 중요한가? 내가 온 지구를 살려낼 힘이 있다고 하더라도 지구를 파괴하면서 그 능력을 행사할 필요는 없는 것이다. 우리 모두는 모두에게 대해서 피해를 입

7 대한성서공회, 『개역개정 성경』, 요한 8:73~11

히고 피해를 당하며 살고 있다. 그러므로 우리 모두는 죄인이고 서로에 대해서 사죄해야만 한다.

실수

누구나 처음부터 완벽할 수는 없다. 그것을 해 나가면서 실수는 피할 수 없는 것이다. 실수가 없다면 성장이 없다. 그럼에도 불구하고 우리는 실수를 부끄러워한다. 어찌보면 당연한 말처럼 들리지만 생활 속에서는 당연하지 않은 말이다.

실수를 부끄러워하면 실수를 하지 않으려고 노력한다. 실수를 하지 않는 방법은 단 한 가지가 있다. 그것을 하지 않는 것이다. 실수는 부끄러운 것이 아니라 자연스러운 것이다. 막 돌이 지난 아이가 넘어지는 것을 부끄러워한다면 어떻게 걷는 것을 배울 수 있겠는가? 처음 걸음마를 시작하는 아이는 넘어지는 것을 자연스럽게 여긴다.

내 삶을 되돌아보자니 실수투성이다. 말에 실수가 있고, 행동에 실수가 있고, 글에 실수가 많다. 그것들을 바라보고 있자니 이런 삶에서 벗어나고만 싶다. 언제나 실수를 하면 그 자리에서 벗어나려고만 하고 또 다른 자리에 가면 그런 실수는 반복된다.

사람이 숲에서 길을 잃으면 같은 자리를 맴돈다고 한다. 이것은 비단 숲에서만 일어나는 일은 아닌 것 같다. 실수를 실수로 인정하는 것은 이렇게도 힘이 든다. 누구나 만족하는 삶이 없듯이 따지고 보면 삶이라는 것이 실수 아닌 것이 없다. 언제나 가지 않은 길은 아름답게 보이는 것이다.

도 道

이 세상에 道를 이루기 위해서 사람이 할 수 있는 일이란 없다. 도는 이미 완전한 상태이므로 그것에 무엇을 더한다는 것 자체가 불가능하다. 마치 빛의 속도를 넘어서는 속도가 존재하지 않고 물을 아무리 끓여도 100도를 넘을 수 없는 것과 같은 이치이다. 도는 모든 사람을 포함한 자연이 현존하는 그 상태에 있는 것이지 내가 노력해서 이룰 수 있는 성질의 것이 아니다.

그럼에도 불구하고 사람들은 어떤 일을 할 때 자신이 굉장한 일이나 하는 것처럼 크게 떠벌인다. 사회운동가들은 정의를 구현시키기 위해서 자기 한 몸을 불사르겠다고 하고 환경운동가는 지구의 생태계를 지키기 위해 헌신을 하겠다고 한다. 정치인은 이 나라를 위해서 무슨 일이든 다 하겠다고 강변한다.

그러나 불완전한 것이 완전한 것을 위할 수 없고 미숙한 사람이 성숙한 사람을 위할 수 없듯이 사회운동가가 사회를, 환경운동가가 환경을, 정치인이 나라를 위할 수는 없다. 오히려 사회가 사회운동가를, 환경이 환경운동가를, 나라가 정치인을 돌보고 먹여 살리는 것이다. 하지만 사람들은 자기가 은혜를 받고 있음을 망각하고 도리어 자연을 보호한다는 미명하게 그것들을 파괴하고 만다.

도道를 발견하기 위해서는 자기 자신이 얼마나 미숙하고 무지하며 죄악덩어리인지를 깨닫는 것에서부터 시작해야 한다. 사람은 혼자 있을 때 성인군자처럼 행동할 수 있다. 그러나 사람들과 부딪치고 변화무쌍한 환경에 노출되면서 자신의 죄악성은 드러나기 마련이다. 그리고 그것을 감추기 위해서 여러 가지 가면을 쓴다.

사람은 어떤 일이든 자기에게 이익이 되는 방향으로 행동한다. 그것은 단지 물질적인 이익뿐만 아니라 칭찬이나 명예 등 정신적 만족까지 포함한다. 이익은 무엇을 얻고자 하는 욕심을 충족시키는 것이다. 성경에 '욕심이 잉태한즉 죄를 낳고 죄가 장성한즉 사망을 낳느니라.'라고 하였다. 그러므로 노자의 말처럼 무지무욕無知無欲의 경지가 아니고서는 사람은 죄악에서 벗어날 수 없다.

무엇을 안다고 하는 '나'는 현상을 판단하게 된다. 그리고 그 판단은 자기 이익을 위해서 내려진다. 현명하다는 착각 때문에 어리석은 판단을 내리느니 차라리 몰라서 판단하지 않는 것이 더 낫지 않은가? 현명함이란 무엇인가? 자기의 이익을 드러내지 않고 이익을 취하는 교묘한 방법은 아닌가?

자본주의 사회에서의 교환은 모두가 이런 식이다. 영리한 사람은 재화의 교환을 통해서 얻게 되는 자신의 이익을 감추고 상대방이 얻게 될 이익을 최대한 부각시킨다. 형식적으로는 상대방의 이익이 크게 보이는 반면 실질적으로는 자신의 이익을 극대화시키는 것을 성공적인 거래라고 믿는 것이다.

근본적으로 사람은 스스로 이익이 되는 방향으로 행동하지 않는다면 살아갈 수가 없다. 인간은 먹고 살기 위해서는 식물이든 동물이든 죽여야 한다. 내가 이겼다면 누군가는 졌다는 것을 의미한다. 나에게 이익이라면 상대방에게는 손해이다. 모두가 이익일 수는 없는 것이다. win-win하는 거래는 내게 필요 없는 것을 상대방에게 제공하고 상대방에게 필요 없는 것을 취할 때 가능하다. 그러나 재화의 가치는 절대치로 산출할 수 없으므로 그것에 대한 불합리는 항상 존재한다. 영리하지 못한 사람은 거래를 마친 후 언제나 손해 보는듯한 느낌을 지울 수 없는 것이다.

자기 자신을 죄악의 관점에서 바라보는 것은 언제나 괴롭다. 그러나 죄는 외면한다고 하여 없어지는 것은 아니다. 그것을 더욱 세밀하게 들여다보고 철저하게 규명할 때 오히려 그것에서 자유로울 수 있다. 죄를 고백하고 나면 벌을 받아 몸은 괴로울지

언정 마음은 편해질 수 있다. 자신의 죄성罪性을 인정한다면 현상을 왜곡시키지 않고 있는 그대로 바라볼 수 있는 편안함을 누릴 수 있다.

도道란 무엇인가? 무위자연無爲自然이다. 억지로 하지 않는 것이다. 자신을 왜곡시키지 않고 있는 그대로를 성찰하는 것이다. 수많은 가면을 벗고 진면목을 보이는 것이다. 인간이기 때문에 또는 살아야만 하기 때문에 이기적일 수밖에 없고, 살생할 수밖에 없다. 알게 모르게 타인을 기만하고 나의 이익을 취하게 된다. 이러한 나를 인정하면 오히려 세상은 쉽게 보이기 시작한다.

道를 道라고 말할 수 있으나 그 道는 항상 같은 道가 아니다. 무엇에 대해 이름 지어 부를 수 있으나 그 이름은 항상 같은 이름이 아니다. 같은 강물에 두 번 발을 담글 수 없다는 헤라클레이토스의 말처럼 사물은 항상 변하고 우리는 그것을 멈추게 하지 못한다. 설혹 바위라고 하더라도, 조금씩 산화하고 있기 때문에, 엄밀히 말해서 그것은 조금 전의 바위라고 할 수 없다.

세상은 이름 없음으로 시작해서 이름 지어짐으로 나타난다. 우리는 어떤 것에 이름을 붙임으로써 관념을 생성한다. 그러나 단지 관념만을 가진 사람은 그 대상을 구체화하지 못한다. 觀海難水관해난수. 바다를 본 사람은 물을 이야기하기 어려워한다. 큰

물은 한마디로 정의하기 힘들다. 잔잔한 듯 하다가도 거칠고, 투명한 듯 하다가도 어둡고, 이로운 듯 하다가도 해악적인 그 물은 백 마디 말이 오히려 부족하다.

그러므로 無欲무욕으로 오묘한 영의 세계를 볼 수 있고 有欲유욕으로 물질세계를 볼 수 있다.[8]

道는 길이고 氣이고 바람이다. 바람이 부는 것은 느낄 수 있지만 어디서 와서 어디로 가는지 알 수 없다. 다만 느낄 뿐이다. 길은 사람의 흐름이고 기는 바람의 흐름이다. 물질계를 연구하는 과학자들은 정체된 물질에 대해서 관심이 있지만 道를 추구하는 사람은 기의 움직임에 관심이 있다. 이것인가 하면 이것이 아니고 다시 그것인가 하면 그것이 아니다. 그것은 말로 할 수는 있으나 더 이상 말로 표현된 그것이 아니다. 다만 그 속에 있을 때 가장 잘 표현한 것이다.

영의 세계는 고요함을 추구하지만 물질세계는 역동성을 추구한다. 역동성이 있기 때문에 바람은 일어나고 바람 때문에 영을 느낄 수 있다. 바다에서 파도가 칠 때 그 파도를 타야지 그러지 않고 고요하게 있겠다고 정지된 상태로 있게 되면 물에 빠져 죽는다. 세상만사는 수없이 많은 감정들을 일으킨다. 喜怒哀樂

---

8 오강남 풀이, 『도덕경』, 서울: 현암사, 2003, p.

기쁘고 화나고 슬프고 즐겁다. 슬픈데 웃을 이유 없고 기쁜데 슬퍼 울 이유 없다. 감정이 일어날 때 그것을 억누르면 병 생긴다. 똥마려운데 참지 않듯이 감정은 어떤 식으로든 배출 시켜야 한다. 사람이 어떤 나쁜 일을 당했을 때 24시간 안에 누군가에게 말을 한다면 스트레스가 많이 해소가 된다고 한다. 말은 감정을 배출시키는 가장 쉬운 도구다. 상담자는 충고자가 아니라 잘 들어주는 듣기 전문가이다.

욕망은 사람을 살게 하는 원동력이다. 성욕이 있기에 자손이 있고, 식욕이 있기에 먹을 수 있다. 성취욕이 있기에 활기차게 움직일 수 있다. 욕망 그 자체가 나쁜 것은 아니다. 욕망은 감정을 만든다. 욕망이 달성될 때 기쁘고 좌절될 때 화가 난다. 기쁨을 주체하지 못할 때 춤을 추거나 소리 질러 노래 부를 수 있어야 한다. 분노가 치밀 때 누군가에게 그 답답한 마음을 실컷 토로할 수 있어야 한다. 자기 주위에 그 모든 것을 들어줄 사람이 있다면 행복한 사람이다.

그러나 영은 그것들과 같이 날 뛰어서는 안 된다. 영은 그것을 느끼지만 자기가 어느 지점에 있는지 알아야 한다. 감정은 기쁠 때 하늘 높은 줄 모르고 치솟다가 슬플 때 땅바닥으로 곤두박질친다. 영은 날아가고 있을 때 날고 있음을 안다. 바닥에 내려앉을 때 바닥에 있음을 안다. 이때 나는 행동하는 주체이면서 동시에 관찰 대상이 된다. 그러나 행위자 자신을 진정한 나로 인식하지 않는다. 그럼으로써 자신을 다른 것들과 동일하게 취급할 줄 안다. 내가 나를 보듯 나는 빗방울을 본다. 그것들은 더 이상 둘이 아니다. 세계를 이루는 하나의 물질이다. 바위와 나는 같은 물질이요 더 특별한 존재는 아니다. 내가 소중하다면 미물들도 소중한 것이 된다. 그러므로 살생을 두려워하게 된다.

영의 세계와 물질의 세계는 둘이 아니다. 같은 근원에서 나와 다른 이름으로 불리는 것뿐이다. 영이 보이는 세계로 나타난 것이다. 보여주는데도 볼 수 없는 것이 인간으로서의 슬픔이다. 자신이 아무리 어리석어 보일지라도 그것으로서 영을 보여주기 때문에 현명한 것이다. 어리석은 짓을 했다고 염려할 필요가 없다. 어짜피 인간이 하는 모든 일은 어리석은 짓들뿐이다.

사람 편하자고 만든 기계들이 지금은 사람 숨통을 죄고 있다. 숨 한 번 제대로 쉴 수 없고 물 한 모금 맘 편히 마실 수 없는 시대가 온다. 사람의 기본적인 욕구도 충족시킬 수 없으면서 어떻게 세상을 편하게 만들 수 있단 말인가. 어리석고 어리석다. 그러나 그것들은 다 나를 깨닫게 하기 위해 일어나는 일이지 허투루 있는 것은 없다. 사람들은 '이렇게 하면 좋겠다. 저렇게 하면 좋겠다.' 말들 하지만 결국 좋을 일은 없다. 다만 그 때 마다 달라지는 느낌뿐이다.

삶은 물 흐르듯이 흘러간다. 막히면 돌아가고 부딪치면 부서진다. 스스로의 의지를 발동하여 자유롭게 살고 싶어 하지만 결국 그 자연에 순응하며 살아갈 수밖에 없다.

물은 道도이다. 도를 가장 잘 보여줄 수 있는 것이 물이다. 도는 막힘이 없고 못갈 길이 없다. 한 없이 부드럽지만 그 힘은 강하다. 물은 인위적이지 않아 자연을 거스르지 않는다.

삶은 물이고 물은 도이다. 그러므로 삶은 도이다. 우리는 끊임없는 현재의 연속 속에서 살고 있으나 그 현재를 말로 표현할 수는 없다. 말 하는 순간 현재는 과거가 되고 미래는 아직 오지 않은 현재이다. 현재의 무한한 반복 속에서 살고 있으면서도 우리는 늘 과거에 메여있고 미래를 걱정한다. 누군가 현재를 말할 수 있다면 그는 또한 도를 말할 수 있을 것이다.

과거와 현재 그리고 미래는 과연 시간의 흐름인가? 시간이란 의식의 흐름이다. 우리는 공간이 움직이는 대로 따라간다. 그리고 그것은 생각의 이동을 만들어 낸다. 그 움직임은 늘 새로운 것에 대한 갈망을 낳게 되고 결국 지나간 것에 대한 망각을 만들어 낸다.

우리는 어떤 공간에 가면 과거에 일어났던 일들을 떠올리게 된다. 경험이란 단지 머릿속에만 남아있는 것이 아니다. 그 장소에 고스란히 쌓여 있다. 만약 한 장소에서 오랫동안 살았다면 우리의 경험은 더욱 두텁게 쌓여있을 것이다. 과거라는 시간은 단지 흘러 지나간 것이 아니라 그 시간동안의 움직임이 만들어낸 내 몸의 허물들이다.

횃불을 들고 암흑 속을 걸어가 보면 지나쳐온 길도 보이지 않고 앞으로 가야할 길도 보이지 않는다. 다만 불빛이 있는 그 자리만이 밝게 비칠 뿐이다. 지나쳐온 길들이 어둠 속으로 사라졌다고 해서 그것은 완전히 소멸된 것을 의미하지는 않는다. 다만 그것은 우리의 감각 영역 밖에 있을 뿐 여전히 지금 현재와 동일선상에 공존하고 있다.

인간의 시각은 한계가 있으므로 인생 전체를 한 번에 조망할 수는 없다. 그렇기 때문에 진정한 의미에서의 삶을 느낄 수 없다. 모든 사람의 삶은 도이지만 그것을 볼 수 있는 힘을 가진 사람만이 도를 발견할 수 있다. 나의 삶은 어디에서 와서 어디로 가는가? 삶을 살려고 하지 말고 자연스럽게 흘러가는 삶을 관망하라. 그렇다면 진정 내가 이 세상을 사는 의미를 발견하게 될 것이다.

삶은 인생길이고 길은 道도이다. 삶 속에 道도가 있다. 사람들은 그 삶이 이상하게 보일 때 기구한 운명이라고 말한다. 한국 사람은 특히 운명에 대한 생각이 강하다. 그만큼 道도에 가까이 있다는 말이다. 인생은 내가 개척하는 대로, 혹은 마음먹은 대로 나아간다는 철없는 서양 사상과는 완전히 다른 것이다.

철이 든다는 것은 그 때를 아는 것이다. 식물은 철을 따라 각자 알아서 행동한다. 날 때가 있으면 죽을 때가 있다. 화려한 때가 있으면 시드는 때가 있다. 아직 어렸을 때, 즉 막 잎이 나왔을 때는 모든 가능성이 열려 있으므로 뭐든 자기가 생각하는 대로 될 것 같은 착각을 한다. 자기가 잡초인지 곡식인지 모른다. 또한 자기가 들꽃인지 화초인지 모른다. 그러면서 말하기를 '나는 벼가 될 거야. 나는 장미가 될 거야.'라고 다짐한다. 그러나 열매는 노력해서 달라지지 않는다. 열매는 씨앗에 따라 이미 결정되어 있다. 자기가 무슨 씨인지도 모르고 날뛰는 것은 얼마나 어리석은 짓인가? 잡초가 밭에 있으면 뽑혀 나간다. 그러나 들판의 잡초는 자유로우므로 그 씨를 보전할 수 있다. 반면 곡식은 잘 가꾸어져 사람의 먹이가 되고 씨앗의 기능은 상실하게 된다.

곡식이 잡초보다 더 좋은 것도 아니고 화초가 들꽃보다 더 귀한 것도 아니다. 잡초와 들꽃에게는 자유가 허락되지만 곡식과 화초는 논과 화분에 갇히게 된다. 우리는 땅으로부터 자유를 얻기 위해 민들레 홀씨처럼 날아보지만 살기위해, 생명을 유지하기 위해 결국 땅으로 다시 내려 와야만 한다. 이것이 운명이다.

유명해지면 좋을 것 같지만 그들은 사생활, 즉 자기의 자유를 담보로 돈을 번다. 공인에 대한 행동의 제약은 필수적이다. 권력도 마찬가지다. 절대적 지위를 유지하려면 그것을 빼앗으려는 자들로부터 권력을 지키기 위해 목숨을 담보로 하는 더 많은 노력을 기울여야만 한다.

부와 명예, 권력은 그 자체만으로도 인간을 구속하는 족쇄가 된다. 그것을 향한 욕망은 사람이 사람 되지 못하게 하는, 즉 삶이 삶 되지 못하게 하는, 도道가 도道되지 못하게 하는 걸림돌이 된다. 그러나 운명에 대한 올바른 인식을 가진 사람들은 그것을 추구하지 않고 오로지 깨달음의 도구로 사용함으로써 그 해害를 입지 않는다.

부함에도 처하고 가난함에도 처할 수 있고, 귀貴함에도 처하고 천賤함에도 처할 수 있는 삶은 오래 지속될 수 있다. 그리고 그 삶의 길이만큼 깨달음도 커질 수 있다. 우리가 오래 살고자 하는 것은 많은 경험을 통해 인생의 진리를 발견할 수 있는 가능성을 키우고자 하는데 있는 것이지 그 삶 자체가 추구해야 하는 대상이기 때문은 아니다.

삶은 우리가 포획해야 하는 먹이가 아니다. 그러므로 그것은 투쟁의 대상이 될 수 없다. 삶은 오히려 우리를 사랑해 마지않는 선생이다. 그것은 끊임없이 '너 자신이 누구인지 발견하라.'고 가르침을 준다. 그러나 어리석은 학생인 우리는 그 가르침에 집중하지 못하고 다만 '매를 몇 대 맞았는지' 혹은 '칭찬을 얼마나 받았는지'에만 관심을 둔다.

매를 때리는 것도, 상을 주는 것도 오로지 학생을 가르치기 위해서이지 그를 더 미워하거나 사랑해서가 아니다. 학생은 배우고 익혀서 철이 든 어른으로 성장해야 한다.

무위자연無爲自然

무위자연無爲自然이라 하면 속세를 떠나 산속 암자에 거하면서 아무 일도 하지 않은 채 수행만 하는 사람을 떠올리기 쉽다. 그러나 만약 그런 처지에 있지 않으면서도, 즉 수행자의 위치가 아니면서도 그 자리에 앉아 있는 것은 대단히 부자연스러우면서도 가장 인위적인 모양이라고 할 수 있다.

無爲무위란 인위적으로 하지 않는다는 말로 어떤 일이 되어지는 대로 놔둘 일이지 그것을 억지로 구부리지 않는다는 것을 뜻한다. 自然자연이란 스스로 그러하다는 뜻으로 자연 법칙을 의미한다. 우리가 살고 있는 자연은 일정한 법도에 따라 움직이는 것이지 자기 마음대로 왔다 갔다 하지 않는다. 꽃이 피고 열매가 맺는 법이다. 겨울이 오면 낙엽지고 봄이 되면 꽃이 핀다. 겨울이 오고 있는데 꽃을 피우려고 하는 일은 인위적인 일이다. 그것은 자연 법칙을 파괴하는 일이기도 하다.

자기 자신이 처한 상황에 따라 무위자연 하는 모습은 달라질 수밖에 없다. 삶과 죽음은 둘이 아니고 하나이다. 밤과 낮이 둘이 아니고 지구의 자전에 따른 다른 모습이다. 어떤 것은 좋고 어떤 것은 나쁘지 않다. 삶은 좋고 죽음은 나쁘지 않으며 반대로 죽음이 좋고 삶이 나쁜 것도 아니다. 삶과 죽음은 좋고 나쁨이 아니라 자연스러운 과정이다. 살려지고 있는데 억지로 죽을 일도 없으며 죽음이 다가오고 있는데 부자연스럽게 살려고 발부둥칠 일도 없다. 살려지고 있다면 살고 죽여지고 있다면 죽으면 그만이다.

차가 빠르게 달리다가 갑자기 멈추면 사고가 난다. 달리고 있다면 서서히 멈추어야지 급정거해서는 안 된다. 반대로 멈춰섰다가 갑자기 빠르게 달리면 차가 고장 나기 쉽다. 정지했다면 서서히 가속해야 안정적이다. 자기가 처한 상황에서 자기의 역할을 하고 있는 것이 무위자연이다. 자기가 맡은 일이 선생인데 선생의 역할을 하지 않으려고 하는 것은 부자연스러운 일이다. 반대로 학생인데 배우려 하지 않는 것 또한 인위적인 것이다. 선생은 가르치고 학생은 배우는 것이 무위자연 하는 자세이다.

이렇게 말하면 삶을 포기하는 것처럼 보일 수도 있다. 그러나 이것은 삶을 더욱 적극적으로 따라가는 것을 의미한다. 삶은 내가 선택하는 것이 아니다. 이것은 이미 쏘아놓은 화살이요 달리는 버스다. 그것을 다시 되돌릴 수는 없다. 다만 우리는 그 버스에 몸을 싣고 지나쳐가는 풍경을 감상하면 된다.

실제로 시간은 얼마나 빨리 달리는지 모른다. 우리가 말하는 하루는 지구가 자전하는 것을 의미한다. 그 속도는 시속 1,609km이다. 이렇게 빠른 시간을 어떻게 우리가 따라잡을 수 있을 것인가. 또한 우리의 1년은 지구가 태양을 공전하는 것으로 그 속도는 107,160km나 된다. 고속철도만 타도 빠른데 그보다 몇 배나 빠른 우주선을 타고 있으면서도 우리는 그 속도를 실감하지 못하고 있다.

뱁새가 황새 따라가다가 가랑이가 찢어진다. 세월을 따라잡기에 인간의 능력은 턱없이 부족하다. 다만 내가 사는 인생을 있는 그대로 받아들일 뿐이다.

이것은 머리로만 깨달은 것이다. 진정 몸이 그것을 깨닫게 된다면 이 모든 것이 편안하게 받아들여질 수 있어야 한다. 머리로는 '이 상황이나 저 상황이나 다 같은 것이다.'라고 생각하지만 특히 나쁜 상황일 경우 그것을 마음 편히 바라볼 수 있는 능력은 아직 갖추지 못하고 있다. 자기 앞에 어떤 역경이 온다고 하더라도 그것을 능히 감내할 수 있다면 그 사람은 깨달음의 경지에 도달했다고 할 수 있을 것이다. 이것이 사랑의 첫째 덕목인 인내이다.

운명

과연 운명이란 존재할까? 운명에 의해서 사람이 살 수 밖에 없다면 우리가 사는 인생의 의미는 무엇일까? 선택이란 인간만이 가지는 특징일까?

사람들은 인생을 각본에 의해서 살아간다고 하면 심한 반발심을 갖는다. 그것은 현재의 상황이 나쁠 때 더욱 그러하다. 그것을 극복할 수 있는 어떤 가능성도 배제되기 때문이다. 종으로 태어나서 죽을 때까지 종으로 살아야 한다면 그처럼 비극적인 삶은 없을 것이다. 그렇다고 해서 그들을 강제로 종에서 해방시켜준다면 그 또한 사회적인 반발을 일으킬 것이 뻔하다.

사람은 대단히 근시안적이어서 오늘 좋은 것만을 추구할 뿐면 미래의 것은 안중에도 없다. 그러나 轉禍爲福전화위복이라는 고사성어가 말해주듯 지금 당하는 화가 나중에는 복이 될 수 있고, 마찬가지로 지금 복이라고 생각했던 것이 나중에는 화가 되는 섭리가 있다.

인간이 아무리 지혜롭다 하더라도 신을 능가할 수 없으며 그것은 자연을 거스르지 못한다는 것을 의미한다. 지금 우리가 지향하는 바른 선택이라고 하는 것은 지극히 이기적인 선택이며 그것은 전 지구적 차원에서 본다면 혹은 우주적인 관점에서는 대단히 잘못된 것일 때가 많다.

우리 앞에 펼쳐지는 인생에서 옳은 선택을 하려고 하는 것은 마치 공부도 하지 않은 수험생이 문제는 이해하지도 못한 채 다만 여러 답안 중에서 자기 딴에는 맞을 것이라고 생각하는 것에 동그라미를 치는 것과 같다. 아무리 열심히 생각해서 답안을 작성하더라도 결국 성적은 고만 고만한 것이다. 어떻게 그렇게 정답을 잘도 피해 가는지 신기할 따름이다.

사람이 이 땅에 태어날 때는 각자 나름의 명을 받고 온다. 그 명을 수행함에 있어서 길고 짧음은 존재하지 않는다. 성경에 한 부자가 여행을 떠나면서 세 명의 종에게 각자 능력에 맞게 돈을 맡기는 일화가 있다. 열 달란트 받은 자와 다섯 달란트 받은 자는 그 금액에 관계없이 자기의 일을 잘 수행했으므로 칭찬을 받지만 한 달란트 받은 자는 그 재능을 묵혀 두었으므로 크게 책망을 받고 쫓겨 난다.

명령을 수행하는 것은 그 과업의 크기와 상관없이 다만 그것을 제대로 달성했느냐가 중요하다. 우리가 자기 앞의 생을 대하는 태도는 그것을 자기 입맛에 맞는 방식으로 변화시키려고 하는 것이 아니라 그 생이 우리에게 가르치는 법을 배우는 것이다.

그것을 발견하기 위해서는 지혜로울 필요도 부유할 필요도 없다. 다만 자기 생을 인내심을 가지고 가만히 관찰하면서 그 변화의 꼴을 바라보는 것이다. 무한히 빠른 세상 속에서 자기를 가만히 두는 것은 얼마나 힘든 일인가? 그럼에도 불구하고 천천히 생각하고 행동을 느리게 하여 그 되어가는 모양을 들여다 볼 수 있을 때 비로소 깨달음이 찾아온다.

꿈은 영의 세계

영의 차원에서 보자면 꿈은 자유고 현실은 억압이다. 깨어있는 동안 영은 육신의 감옥 안에 갇히게 된다. 육체적 욕망은 영을 깨닫지 못하게 만든다. 그러나 육신이 잠들고 나면 영은 드디어 그 욕망으로부터 해방된다. 엄마가 아이를 재우고 난 후 자유로이 집안일을 돌볼 수 있듯이 영은 육신을 재우고 자기 갈 길을 간다.

우리는 꿈을 의미 없는 허구라고 생각한다. 그러나 그것은 꿈을 전체적으로 기억해 내지 못하고 파편적으로 회상하기 때문이다. 꿈은 비약에 비약을 거듭한다. 산꼭대기에서 단숨에 평지로 뛰어 내리기도 하고 이 나라에서 저 나라로 순간이동을 하기도 한다. 그러나 그것이 어떻게 가능한가라는 따위의 의심은 하지 않는다. 현실적인가 비현실적인가 하는 판단은 단지 몸으로 실행할 수 있는 가능성에 기반 한다. 그러나 많은 창조적 발명가들은 그 불가능하다는 생각을 뛰어 넘은 사람들이다.

꿈속에서 자유롭던 영혼은 깨어있는 동안 다시 억압된 상태로 복귀한다. 마치 감옥을 탈출했는데 의식이라는 간수에게 붙잡혀온 꼴이다. 영혼을 해방시키기 위해서는 약간은 몽롱한 채로 머무는 것도 좋겠다. 모든 것이 명확하게 보일 때 영은 전혀 자유롭지 못하다. 이 세상에 확실한 것이 무엇 하나 있었던가? 이것인가 하면 저것이고 저것인가 하면 이것이 되고 만다. 내가 옳다고 믿는 것은 어떤 특정한 상황 하에서만 그러한 것이지 항상 그런 것은 아니다. 살인은 평상시에는 범죄이지만 전시에는 훈장이 된다. 도둑질을 해서 자기 배를 채우면 도둑놈이고 홍길동처럼 가난한 사람 배를 채워주면 의적이 된다. 상황이 바뀌면 옳고 그름도 뒤바뀌기 마련이다.

절대 선을 찾는 것은 마치 사막에서 신기루를 찾아 헤매는 것과 같다. 저기 있다고 하여 달려가 보면 금세 사라지고 다른 곳에 나타난다. 그러나 그것은 어디에도 없는 것이다. 절대 선이란 무엇인가? 정의란 무엇인가? 진리란 무엇인가? 도란 무엇인가? 우리는 이러한 질문에 어느 것 하나도 명쾌하게 답을 내릴 수 없다. 그럼에도 불구하고 무슨 대단한 일이라도 하고 있는 것처럼 떠벌리고 자랑스러워한다. 이 얼마나 어리석은 짓인가? 인생 전체를 통해 깨달아야만 하는 그 진리이기에 이 세상 어디에서도 발견하지 못한 것이다.

사람들은 진리를 고정된 어떤 것이라고 착각한다. 그래서 누군가 '진리는 이것이다.' 하고 결론 내려주기를 희망하고 있다.

성경에서는 거짓 명령에 대해 경각심을 일깨워 준다.

"그때 누가 너희에게 '그리스도가 여기 있다.', '저기 있다.' 하여도 믿지 말아라. 거짓 그리스도와 거짓 예언자들이 일어나 큰 기적과 놀라운 일을 행하여 할 수만 있으면 선택된 사람들까지 속이려고 할 것이다. 들어라. 내가 너희에게 미리 말해 둔다. 사람들이 너희에게 '그리스도가 광야에 있다.' 해도 너희는 나가지 말고 '골방에 있다.' 해도 믿지 말아라."[9]

그리스도는 진리이고 진리는 그 삶 전체를 통해 발현된 것이지 어느 한 시점에 머무는 정체가 아니다.

진리는 육신의 눈으로는 발견할 수 없다. 오직 영의 눈을 뜬 사람 앞에 어렴풋이 나타나는 것이다. 영의 눈은 육신의 눈과는 다르다. 영은 보이지 않는 것을 보고 형체가 없는 것을 느낀다. 우리는 감지할 수 있는 것만을 사실이라고 믿는다. 그러나 지구상에 존재하는 전자기파 중 사람이

9 대한성서공회, 『개역개정 성경』, 마태 24:23~26.

감지할 수 있는 영역은 2.5%에 지나지 않는다. 존재 가능한 분자의 수는 무한하지만 사람은 1조개 정도만을 느낄 수 있다. 1조도 큰 수이지만 무한분의 1조는 거의 0에 가깝다.[10]

무엇이든 뒤집어 보는 역발상이 필요하다. 어떤 것을 정말 옳다고 믿게 되었을 때 그것이 전혀 옳지 않다고 가정해 보는 것이다.

"의심하지 않는 신념은 신념이 아니다."[11]

내 앞에 나타난 현상이 정말 내가 인식하는 현상인지, 내가 믿고 싶은 대로 믿고, 보고 싶은 대로 보고 있는 것은 아닌지 고민해 보아야 한다.

육체의 눈은 욕망을 투영하여 본다. 돼지 눈에는 돼지만 보인다. 눈을 감고 마음의 눈으로 보아야 한다. 마음의 눈 보다는 영의 눈으로 보아야 진리를 볼 수 있다.

---

10 닉 켈먼 저, 김소정 역, 『완벽한 호모 사피엔스가 되는 법』, 서울: 푸른지식, 2017, p.16

11 톨스토이 저, 『톨스토이 인생독본』, 서울: 지성문화사, 1989, p.138

앎과 모름

'안다'고 하는 생각 때문에 대상을 제대로 보지 못한다. 익숙한 환경 속에서는 새로운 것을 발견하기 힘들다. 익숙하다는 것은 알고 있다는 착각을 불러일으킨다. 그러나 자세히 들여다보면 아는 것 보다는 모르는 것이 더욱 많다는 점을 깨닫게 된다.

우리 집 앞에는 측백나무가 심어져 있다. 나는 그 나무가 측백나무라는 것을 안다. 그러나 그것을 안다는 생각 때문에 자세히 들여다볼 생각을 하지 않는다. 그 결과 나는 그 이름 이상을 알지 못한다. 나무의 색깔은 초록색과 연두색, 가지는 짙은 갈색이다. 나무의 향은 어떨까? 잎사귀의 모양은 어떨까? 궁금해지기 시작한다. 모른다는 생각이 들면 그것을 자세히 보게 된다.

나는 나이기 때문에 나를 잘 안다고 생각한다. 그렇기 때문에 나에 대해 호기심이 없다. 나는 누구일까? 곰곰이 생각해 본다. 나는 내 손을 자세히 본 적이 있는가? 내 발을 자세히 본 적이 있는가? 온 몸 구석구석을 있는 그대로 본 적이 있는가? 되돌아보면 나는 나에게 너무나 무관심 했던 것 같다.

외면적인 부분에 대해서도 이러한데 내면에 대해서는 더욱 심각하다. 나는 내 마음을 들여다보지 않는다. 이 순간 드는 감정을, 그것에서 파생되는 생각을 따라가 보지 않는다. 다만 그것은 일상적인 것으로 치부되어 기억의 저편으로 흘려보낼 뿐이다.

실제적으로 과거나 미래는 존재하지 않는다. 다만 내 눈 앞에 있는 현재, 그것도 매 순간 나타났다 사라지는, 그러나 그것을 인지하지 못하는 그런 현재만이 있을 따름이다. 나는 내 눈 앞에 나타나는 현재를 무심결에 보낸다. 나는 그것이 늘 상 있어왔던 것처럼 계속 있을 것으로 착각하며 산다. 그러나 삶의 마지막 순간, 더 이상 현재는 없을 것이 분명해지면, 나는 당황하고 두려워하며 이제 더는 나타나지 않을 현재를 애틋하게 바라보게 된다.

우리에게는 수없이 많은 기회가 주어졌었다. 삶은 나에게 자기를 보아 달라고 수없이 외쳤을 터이다. 그러나 나는 그들의 소리에 귀 기울이지 않았다. 그들의 춤에 눈길 한번 보내지 않았다. 그리고 현재가 더 이상 나타나지 않을 그 순간에서야 드디어 그것의 존재를 알아차리게 되는 것이다.

사람은 자기가 소유하고 있을 때 그 소중함을 느끼지 못한다. 부모의 소중함은 부모가 돌아가시고 난 후에야 느낀다. 자식의 소중함은 자식과 멀리 떨어져 있을 때 느낄 수 있다. 그래서 소중한 사람일수록 멀리 두고 보라는 것이다. 가까이 있으면, 일상적으로 볼 수 있으면 그를 소중히 대하지 않으므로.

그렇다고 해서 나를 멀리 보낼 필요는 없다. 나에 대한 신선한 생각, 나를 모른다는 자각, 앎으로부터 벗어나는 순간 나는 나를 전혀 다른 존재로 대할 수 있을 것이다. 나는 내가 그러할 것이라고 생각하는 그런 존재만은 아니다. 다른 사람의 눈에 비친 나 또한 내가 생각하는 그런 내가 아니다.

세상은 주어진 길을 간다. 내가 막는다고 해서 올 것이 안 오는 것 아니고, 내가 추구한다고 해서 오지 않을 것이 오는 것도 아니다. 가을이 좋다 하여 겨울 다음에 당겨 올 수 없다. 다만 그때에 맞춰 와야 할 것은 오고 오지 않을 것은 안 온다. 때가 있는 것이다.

편하고자 하는 생각 때문에 앎을 추구하기 보다는 지금 존재하는 나를 제대로 보기 위해 모름을 선택하는 것은 어떠한가?

人文學인문학, humanities

"인간의 사상 및 문화를 대상으로 하는 학문영역. 자연을 다루는 自然科學자연과학에 대립되는 영역으로, 자연과학이 객관적으로 존재하는 자연현상을 다루는데 반하여 인문학은 인간의 가치탐구와 표현활동을 대상으로 한다. 광범위한 학문영역이 인문학에 포함되는데, 미국 국회법에 의해서 규정된 것을 따르면 언어language, 언어학linguistics, 문학, 역사, 법률, 철학, 고고학, 예술사, 비평, 예술의 이론과 실천, 그리고 인간을 내용으로 하는 학문이 이에 포함된다. 그러나 그 기준을 설정하기는 매우 어렵기 때문에 이에 대한 의견의 일치가 이루어지지 않고 있다. 예를 들면 역사와 예술이 인문학에 포함되느냐 안 되느냐에 대한 異論이론들이 있기도 하다."[12]

인문학은 문학과 혼동된다. 문학에 '인'을 붙이는 정도로 생

---

12 서울대학교 교육연구소 저, 『교육학용어사전』, 서울: 하우동설, 2011.

각하기 쉽다. 그러나 문학은 글을 다루는 반면 인문학은 인간을 다룬다. 그런 면에서 '인문학'이라기보다는 '인간학'이라고 불러야 타당하다.

학자들은 인문학을 학문의 영역으로 끌어들임으로써 일반인들이 접근하기 어렵게 만들어 버렸다. 그러나 인간 자체에 대해 관심이 충만한 사람이라면 굳이 책을 통하지 않더라도 인문학을 할 수 있으며 더욱 훌륭한 인문학자가 될 수도 있다.

문학이나 역사, 철학, 예술이 인간에 대한 묘사로서 사용될 때 그것은 인문학의 영역에 들어올 수 있다. 그러나 그것이 예술작품 자체를 의미하거나 역사적 서술에 국한될 때 인문학과 동떨어진 학문이 된다.

그런 의미에서 사람과 사람 사이에 나눠지는 모든 대화는 인문학적인 요소를 가지고 있다. 사람들은 대화를 할 때 자기 자신에 대한 이야기 보다는 다른 사람에 대한 사건을 화제로 삼는다. 나에 대한 것이 아니라 타인에 대한 말을 할 때 그 대화는 공허해진다. 그것은 그 사람을 정확히 이해하는데 도움이 되지 않을뿐더러 오히려 오해의 소지를 제공한다. 직접 당사자에게 듣지 않고 다른 사람을 통해서 전해들은 이야기는 쉽게 부풀려지고 왜곡되어 본질과는 멀어지기 때문이다. 누군가와 대화를 시도한다면 그 주제는 각자 각자의 일에 국한되어야 한다. 그랬을 때 상대방을 더 잘 이해할 수 있으며 그 이해에 도달하는 순간 인문학적 소양은 일어나는 것이다.

그렇기 때문에 인문학을 강의한다는 것은 어쩌면 부자연스러운 일이다. 그것은 인간에 대해 이야기 하는 것이 아닌 학문에 대한 것이기 때문이다. 인문학을 가장한 학문이다.

진정한 인문학은 우리 삶에서 일어난다. 삶을 자세히 들여다보면 아름답지 않은 것이 없다. 그러나 그것을 일상적인 일로 치부할 때 아무런 감흥을 불러일으키지 못한다. 들에 핀 꽃은 그 자체로 아름답다. 그러나 그것을 다른 꽃과 비교할 때 그 아름다움은 반감되며 심지어 아무것도 아닌 것처럼 보인다. 이 얼마나 서글픈 일인가? 자신의 아름다움을 인식하지 못하고 그 아름다움의 영예를 다른 것들에게 빼앗기는 일들은 정말이지 참을 수 없는 모욕이다.

평범한 것들에 집중했을 때 위대한 것이 된다. 태어날 때부터 위대한 것은 없다. 오히려 위대하게 관찰되는 것이다. 어떤 사람의 위대성은 그 사람 자체에 있기 보다는 그것을 위대하게 바라봐주는 시선에 있다. 아무리 훌륭한 사람이라고 하더라도 함께 사는 가족에게까지 존경받기는 힘들다. 그 사람의 삶은 훌륭한 사상, 글, 설교와는 괴리감이 있기 때문이다.

들에 핀 꽃들이 누군가에게 보이기 위해서 아름답지 않은 것처럼 우리의 삶도 누군가에게 훌륭하게 보여 지기 위해서 존재하는 것은 아니다. 그것을 소중하게 받아들여야 할 사람은 다른 누가 아닌 자기 자신이다.

깨달음 1

내 삶이 힘들어지는 것은 경제적으로 혹은 정신적으로 궁핍해지기 때문이 아니라 삶이 나에게 어떠한 깨달음도 허용하지 않기 때문이다. 삶을 아무리 들여다본다고 하더라도 무언가로 가려진 삶은 절대로 자기 모습을 보이려 하지 않는다. 이럴 때 내가 할 수 있는 일이란 강태공이 세월을 낚듯 한 없이 기다리는 것뿐이다.

기다림이란 얼마나 고된 일인가? 연인을 기다리는 시간은 아무리 짧다고 하더라도 길게만 느껴진다. 깨달음이 어서 나타나기를 고대하지만 어쩐지 삶은 나를 가지고 놀리는 것만 같다.

지리산 천왕봉에 올라 산 위로 불쑥 솟아오르는 태양을 보기위해 기다려본 사람이라면 그 애달픈 마음을 이해할 수도 있을 것이다. 애꿎은 구름은 내 마음을 아는 듯 모르는 듯 눈앞에서 흐느적거린다. 처음에는 그것이 답답하게 느껴지다가도 어느 순간에는 구름 자체에서 나타나는 은은함과 신비로움을 보게 된다. 결국 그 모든 것을 하나로 보게 되었을 때 기다림은 헛되지 않았다고 깨닫게 되는 것이다.

정신없이 달려가고 있는 내 삶은 어떠한가? 그것은 나에게 과연 무엇을 보여주기 위해서 그리도 애를 쓰고 있는 것인가. 꿈속에서 삶이란 옳고 그른 것이 없으며 좋고 나쁨도 없다는 말을 나에게 들려준다. 無에 無를 더할 수 없듯이 삶에 삶을 더할 수는 없다. 삶은 그것 자체로 가득 차 있으며 그것 이상으로 완벽해질 수는 없는 것이다.

더 나은 삶은 존재하는가? 그것이 존재하지 않는다면 왜 나는 구태여 그것을 찾아 헤매고 있는 것인가? 허무하다. 누군가 막힌 목을 확 뚫어 주었으면 좋겠지만 결국 그것을 해결할 수 있는 사람은 나 자신뿐이다.

깨달음 2

나는 상황에 매몰되지 않으려고 노력한다. 상황은 단지 나를 이끄는 도구이기 때문이다. 그러나 상황이 일어나야만 나는 깨달을 수 있다. 그런 의미에서 상황은 필요악이다.

어떤 상황이든 그것이 진행되고 있는 중에는 그것을 바라보기가 힘들다. 나는 그 상황의 주체이고 행위자이면서 동시에 관찰자이다. 육체적 힘의 한계가 존재하듯이 정신의 한계도 분명 존재한다. 그렇기 때문에 그 힘의 분배는 필요하다. 어떤 일에 힘을 많이 쓰면 다른 일에는 소홀할 수밖에 없다. 마찬가지로 정신력의 분배는 어느 한 쪽으로 치우치기 쉽다.

상황이 급박하면 그 상황을 관찰하는 것에는 소홀해진다. 관찰자적 입장에서 상황을 바라본다면 그 상황에 대한 몰입도는 현저히 낮아진다. 그 힘의 분배는 상황의 중요도와 급박함에 따라 달라진다. 그것이 정말 중요하고 몰입해야만 하는 상황이라면 관찰자의 입장은 잠시 유보된다. 그렇다고 해서 그것이 완전히 포기 되어야 한다는 말은 아니다. 늘 깨어있는 나로서 그것을 바라볼 만반의 준비를 해야만 한다. 그리고 잠시나마 여유가 생겼을 때 그것을 다시 들여다 볼 수 있다.

관찰자적 입장을 유지하게 되면 흥분을 쉽게 가라앉힐 수 있다. 이 상황은 나를 이끄는 도구이지 그 자체가 나는 아니라는 생각 때문에 그것을 객관적으로 바라볼 수 있고 내 일이 아닌 다른 사람의 일처럼 취급할 수도 있다.

상황에 빠져든다는 것은 그 상황 자체를 자기 자신으로 오인하는 것에서부터 시작된다. 상황은 일어나야 할 일이 일어난 것뿐이다. 아이가 울음으로써 막으려고 하더라도 저녁이면 해가 지고 어둠은 찾아온다.

사람들은 자기가 스스로 선택할 수 있는 권리가 있다는 것을 중요하게 생각한다. 그래서 운명론을 이야기 하면 왠지 모를 불편함을 느낀다. 자기의 주체성은 상실되고 어떤 전능자의 힘에 의해서 살아가야 하는 꼭두각시처럼 느껴지기 때문일 것이다. 그러나 더욱 슬픈 현실은 아무리 발버둥 쳐도 그런 현실을 바꿀 수 없다는 점이다.

심리학자들은 마트에서 물건을 사는 것은 소비자의 주체적인 필요에 의해서 라기 보다는 MD의 진열 방식에 의해 결정된다고 주장한다. 대부분의 사람은 왼쪽에서 오른쪽으로 도는 습성이 있다. 그래서 입구 쪽에는 채소류를 진열한다. 그것들을 보면서 신선해진 마음은 다른 물건들에 쉽게 호응할 준비를 하게 된다. 그리고 본진에서는 MD가 팔고 싶은 것, 즉 이윤이 많이 남는 것들을 진열한다. 이런 식으로 소비자는 판매자에게 우롱 당한다. 그러나 소비자는 그런 사실조차도 까마득히 모른 채 즐거운 마음으로 마트를 나선다.

선택은 이성의 영역이다. 그러나 사람들은 습관적으로 선택한다. 모든 영역에 대해서 생각해서 판단한다면 효율성 문제에서 또 생존의 문제에서 심각한 문제에 직면하게 된다. 어떤 위험 상황이 나타났을 때 그것을 생각을 통해 처리한다면 그것은 이미 늦게 된다. 습관적으로 행동하는 것은 편리하지만 정확한 판단을 방해한다는 점에서 분명히 나쁘다.

중요한 것은 상황 자체를 선택하는 것이 아니라 상황을 통해서 내가 어떤 자세를 취할 것인가를 선택하는 것이다. 상황은 객관적으로 바라보고 그것으로부터 어떤 깨달음이 나오는지 지켜보려고 노력해야 한다.

깨달음 3

나에게 어떤 시련이 닥칠 때 그것은 분명 어떤 깨달음을 주기 위해 그 일이 일어났음을 나는 감지한다. 세상은, 혹은 나와 마주하는 사람들은 나의 모습을 비춰주는 거울이다. 내가 아무 짓도 하지 않았는데 그들이 나를 미워할 이유가 없고 상대방에게 이로운 일을 하지 않았는데 나를 좋아할 이유도 없다. 나의 어떤 행동들이 그런 결과를 유발했는지 곰곰이 따져볼 때 나는 스스로를 바라볼 수 있게 된다.

나는 머리 회전이 빠른 편이라 어떤 현상을 보면 곧바로 대안을 찾아낸다. 그것이 설혹 좋은 생각이 아니라고 하더라도 그것은 이미 내 머릿속을 스치고 지나간다. 그리고 그것을 마음에 담아두지 못하고 입 밖으로 내 뱉는다. 어떤 악의는 없지만 그 말들은 누군가에게는 기쁨이 되고 또 다른 이들에게는 비수가 되기도 한다. 상대방의 그러한 대응은 나의 조언에 의거한 것이지 그들 자신의 것은 아닌 셈이다.

나는 나를 보고 실망하는 사람들을 보면서 내가 무엇을 잘못했는지 곰곰이 생각해 본다. 나는 있는 그대로를 보여주기 위해 노력했고 그것을 가감 없이 드러내려고 노력했을 따름인데 그것이 그들에게는 실망이 되고 분노가 된다.

자아란 나의 참 모습이다. 그것은 포장되고 왜곡된, 거짓된 모습은 아니다. 사람들은 참을 좋아하고 거짓을 싫어한다고 말한다. 그러나 분노에 찬 사람이 분노를 드러내는 '참 모습'보다는 그것을 포장하고 아닌 것 마냥 표현하는 '거짓된 모습'을 더 좋아한다. 그것이 예의에 맞는 것이라고 칭찬한다. 슬픈 사람이 그 슬픔을 있는 그대로 몸부림치며 드러내면 천박한 것이 되고 그것을 우아하게 포장하면 예의바른 것이 된다.

나는 누구인가? 나는 무엇인가? 내 속에 있는 것을 드러내지 않고서 나는 그것을 볼 수 있을까? 내가 말한 것을 누군가 채택했다면 그것은 내가 강요해서 그런 것은 아니다. 아무리 강요한다고 하더라도 최종적으로 그것을 받아들이는 사람은 자기 자신인 것이다. 자신의 시각을 남이 아니라 자기 안으로 돌릴 때 자아에 대한 성찰은 비로소 이루어진다.

깨달음이란 무엇인가? 1차원 점의 세계에서는 단 하나의 정답만이 존재한다. 내가 본 세계가 전부이다. 2차원 평면의 세계에서는 360°의 각도가 존대한다. 360가지 답이 있고 본다.

3차원 공간의 세계에서는 무수히 많은 관점이 존재한다. 하지만 그것은 유한한 것이다. 4차원 시간의 세계로 들어가면 드디어 무한이라는 세계와 접속할 수 있다.

자기 생각만이 옳다고 믿는 사람이 가장 답답한 사람이다. 그들은 자기 앞에 있는 것만을 사실로 받아들인다. 그 편협함과 옹졸함은 바늘귀만 못하다. 대부분 그 판단 기준은 자기 이익이다. 1차원적인 사람이 책을 많이 읽게 되면 자기 합리화의 극치를 달린다. 세상의 모든 지식을 끌어다가 자기를 방어하는데 사용한다. 사람이라면 모두가 1차원적인 면, 즉 이기심을 가지고 있는데 그것은 생존을 위해서라도 반드시 필요한 것이다.

조금만 시각을 넓혀서 2차원의 세계에 진입한다면 내가 보는 각도 이외에도 아주 다양한 관점이 존재한다는 것을 깨닫게 된다. 내가 진면목이라고 믿었던 그 모습은, 중요하지도 유일하지도 않은, 단지 하나의 모습이었음을 알게 된다. 마치 장님이 코끼리 다리를 만지고는 코끼리는 기둥이라고 믿었다가 꼬리를 만져보고 코끼리는 기둥일 뿐만 아니라 로프라고 생각하게 되는 것이다. 그리고 다시 코를 만져보고는 나뭇가지처럼 생겼다고 생각했다가 몸통을 만져보고는 벽처럼 생겼다는 점을 깨닫게 되는 것이다. 2차원에 있는 사람은 장님이 아직 눈을 못 뜬 것이다.

그것을 만져보는 각도에 따라 다르게 보이는 것을 알 뿐 대상을 전체적으로 조망할 수는 없다.

3차원 공간의 세계에 들어섰을 때에야 비로소 어느 정도 대상을 제대로 볼 수 있다. 집을 지을 때 평면도만 보아서는 그것이 어떤 모양일지 감을 잡기가 힘들다. 그럴 때 입체도를 그려보면 좀 더 현실감 있게 느낄 수 있는 것이다. 3차원에서 가장 중요한 것은 사물들이 입체로 솟는 것이 아니라 관찰자 자신이 공중부양해서 공간에서 공간을 내려다보는 혹은 올려다보는 것이다. 관찰자가 2차원 평면에 붙어 있으면서 3차원 공간을 보려고 하면 아무리 3차원의 세계에 있다고 하더라도 그 시각의 한계에 부딪친다.

4차원 시간의 세계에 진입하면 드디어 대상의 진면목을 느낄 수 있다. 생물을 보면 아무리 공간적인 측면에서 보더라도 그 전체를 보았다고 할 수 없다. 봄, 여름, 가을, 겨울, 계절에 따라 시시각각 변화되는 나무의 모습을 상상해 보라. 봄에는 새싹이 나고 여름에는 푸르며 가을에는 단풍지고 겨울이면 낙엽이 마른다. 이것들 중 어떤 것을 나무라고 특정지어 말할 수 있겠는가? 시간의 흐름에 따라 변화되는 전체 모습이야말로 그것 자체라고 할 수 있다.

이 세상에는 11차원의 세계가 존재한다고 알려져 있다. 그러나 나로서는 그것을 이해할 수가 없다. 아직 4차원의 세계만 하더라도 가슴 벅참을 느낄 따름이다. 하나의 세계에서 다음 세계로 들어갈 때마다 느껴지는 그 경이로움은 이루 말할 수 없다. 깨달음이란 하나의 관점에서 다른 관점으로, 낮은 차원에서 높은 차원으로 이동할 때 일어나는 영혼의 각성이다.

사소한 것

우리는 사소한 것에 목숨을 건다. 그리고 우리가 하는 모든 일은 사소한 것이다. 우리가 일상적으로 처리하는 일들 가운데 정말 중요한 것은 한 두 가지에 지나지 않는다. 그리고 더 중요한 것은 눈에 보이지 않는다는 점이다.

옆에 있는 사람이 내 신경을 건드린다. 나는 짜증이 물밀 듯이 일어난다. 한 번 화가 나기 시작하면 좀처럼 가라앉지 않는다. 혼자 씩씩대면서 상대방을 똑바로 쳐다보지도 않는다. 한참을 미친 듯이 허우적대다가 곰곰이 상황을 되새겨 본다.

저 사람이 나에게 한 행동이 천인공노할 대단한 범죄인가? 만약 그 사람이 나라를 팔아먹었다 하더라도 나는 그렇게 실감나게 분노하지는 않을 것이다. 그가 나에게 한 일이라고는 고작 내 눈에 거슬리는 행동 하나였을 뿐이다. 그럼에도 불구하고 나는 그를 대단한 죄인 취급을 하고 있는 것이다.

인생을 오래 살아내고, 삶의 경지에 오른 사람은 젊어서 하는 행동들이 그다지 쓸모 있는 일이 아니라는 것에 동의한다. 젊은이들은 의욕이 넘치지만 지혜는 부족하다. 늙은이들은 지혜는 있지만 의욕이 부족하다. 그러므로 우리가 하는 일이란 언제나 지혜나 의욕이 부족한 것뿐이다. 이런 불완전한 모습으로 어떤 좋은 것을 해낼 도리가 없는 것이다. 내가 하는 행위들이 불완전할 때 나는 그것을 완전하게 만들 도리가 없다. 아무리 생각해 봐도 뾰족한 수가 생기지 않는다. 이리 보나 저리 보나, 엎치나 매치나 매한가지다. 언제나 결과는 동일하다고 할 때 굳이 지금의 현상을 되돌리려는 노력이 필요할까 의문이 든다.

행동은 의지로부터 시작된다. 의지는 상황에 따라 일어난다. 우리는 상황에 맞게 행동하면 현명한 사람이라고 부른다. 이와 같이 현명한 생각은 상황에 적응하면서 만들어지는 것이지 고정불변한 진리는 아니다.

내가 어떤 행동을 하고 있을 때 어떤 상황에 놓여있는지 살펴본다. 나는 그 상황에 맞는 행동을 하고 있는가? 그러나 상황에 맞게 행동했다 하더라도 그것이 정의일리는 없다. 다만 그 순간의 최선일 따름이다.

우리는 나름대로의 최선을 다해 삶을 살고 있다. 그것을 정의의 잣대로 대자면 살아남을 사람이 없을 것이다. 각자의 삶을 살아내고 있는 사람은 칭찬받아 마땅하다. 삶 그 자체는 누가 더 특별하고 훌륭할 것도 없다. 모두가 주어진 소소한 삶을 살고 있는 것이다.

의지

하루에도 열두 번씩 짜증이 난다. 짜증은 어디에서 시작되는지 차분히 따라가 본다. 그것은 다른 곳이 아닌 내 마음에 있다. 내 생각에는 이렇게 해 주었으면 좋았을 것을 상대방은 저렇게 하고 있기 때문에 나는 짜증이 난다. 앞에 차가 느리게 가면서도 비켜주지 않을 때 짜증이 난다. 그 사람의 입장이 되어보면 그렇게 갈 수밖에 없는 여러 가지 이유가 있겠지만 나는 그 생각에 미치지 못하고 곧바로 내 욕구에 집중함으로써 화를 불러일으킨다. 내 의지와 상대방의 의지가 부딪칠 때 화는 발화하는 것이다.

사람들은 자기 의지를 가지고 살라고 충고한다. 그러나 세상에 내 의지대로 되는 것들이 얼마나 될까? 많은 선각자들은 너의 의지가 아닌 신神의, 도道의, 자연自然의 의지대로 세상은 돌아간다고 말한다. 그러나 어리석은 인간은 마치 자기가 의지하기 때문에 이 모든 일이 일어난다고 생각한다. 내가 만약 의지를 가져야 한다면 내 삶을 있는 그대로 바라보려는 의지뿐이다.

화는 나에게도 남에게도 좋지 않은 영향을 미친다. 화가 났을 때 우리의 혈액은 탁해지고 세포들은 공격당한다. 욕을 하고

난 후의 침은 독 그 자체이다.

화의 측면에서 볼 때 자기 의지를 갖는 것 보다 그 의지를 버리는 편이 자기 자신에게 이롭다. 이런 것을 운명론, 복종의식, 노예근성이라고 한다. 그러나 운명이나 복종, 노예가 나쁜 것은 아니다. 스스로를 개척하며 사는 것이 운명에 맡겨 사는 것 보다 더 좋은 것은 아니다. 지배하는 것이 복종하는 것보다 좋은 것은 아니다. 그럼에도 우리는 이것은 좋고 저것은 나쁘다는 식으로 편 가르기를 한다.

服從복종 – **한용운**韓龍雲

남들은 자유를 사랑한다지만
나는 복종을 좋아하여요.

자유를 모르는 것은 아니지만,
당신에게는 복종만 하고 싶어요.

복종하고 싶은데 복종하는 것은
아름다운 자유보다도 달콤합니다.

그것이 나의 행복입니다.

그러나 당신이 나더러
다른 사람을 복종하라면,
그것 만은 복종할 수가 없습니다.

다른 사람을 복종하려면
당신에게 복종할 수가 없는 까닭입니다.

사랑하는 사람에게 복종하는 것은 더 없이 즐겁다. 그 사람의 관심과 인정을 받을 수 있기 때문이다. 하지만 싫어하는 사람이 나에게 복종하는 것은 부담스럽고 거부감이 든다. 복종 그 자체가 좋고 나쁜 것이 아니다. 문제는 내 마음이고 의지이다.

우리는 늘 행복 하고 싶다. 변함없는 행복을 갈구한다. 그러나 그처럼 밋밋한 삶은 또 없을 것이다. 사람들은 굴곡이 없는 삶을 밋밋하다고 느낀다. 늘 행복하다면 그것은 불행이 없는 굴곡 없는 삶이다. 어느 지점에서든, 그것이 행복이든 불행이든, 변화 없음은 지루하기 마련이다.

집의 편안함에서 벗어나 불편함을 즐기기 위해 많은 돈을 들여 여행을 떠난다. 따지고 보면 특별하다고 생각하는 우리의 여행지는 그 사람들의 평범한 일상지이다. 반대로 우리가 살고 있는 이 땅은 외지인들에게 특별한 여행지가 된다.

분노와 희열, 화와 기쁨은 언제나 연결되어 있다. 기쁨의 최고점과 절망의 최저점을 이으면 파도가 된다. 파도는 단절되지 않고 이어서 온다. 윈드서핑을 즐기는 사람은 높은 파도를 기다린다. 그리고 파도가 몰아쳐 올 때 지체 없이 달려 나간다. 그러나 서핑을 하지 못하는 사람은 파도를 두려워하여 피한다.

강한 의지를 갖는 것은 높은 파도를 일으키는 것이다. 무엇인가 되는 타이밍에 강한 의지는 더 높은 곳으로 이끌어 주고, 무엇인가 안 되는 타이밍에 강한 의지는 더 낮은 곳으로 밀어 넣는다. 높은 파도를 만드는 것도 '나'이고 잔잔하게 만드는 것도 '나'이다.

파도를 만들기 전에 그것을 탈 수 있는 능력을 길러야 한다. 실력도 안 되는 사람이 높은 파도에 서핑을 나갔다가는 화를 당하기 쉽다. 서핑을 하고자 하는 사람은 낮은 파도에서 연습하듯 아직 어렸을 때 자신의 감정을 읽고 그 흐름에 맞게 마음을 띄울 수 있는 훈련을 해야 한다.

나이가 들어가면 기력이 쇄하여 파도 탈 힘이 없기 때문에 자신의 의지를 죽이고 운명에 따른다. 젊어서는 기력이 왕성하여 파도를 즐기기 때문에 의지를 발동하여 거친 파도를 만들어 낸다. 높은 파도는 언제나 위험을 동반하므로 젊을수록 그 기력만 믿고 날뛰지 않도록 조심해야 한다.

시간

우리는 이 세상에서 단 한 번의 삶을 산다. 그 누구도 두 번째 삶을 살고 있는 사람은 없다. 또한 지금의 삶이 잘못되었다고 해서 다시 살 수 있는 사람도 없다. 그럼에도 불구하고 우리는 지금의 삶을 새것이 아닌 헌 것으로, 유일한 것이 아닌 다시 할 수 있는 것으로 착각하는 경향이 있다.

사람에게 가장 소중한 것이 무엇이냐고 묻는다면 많은 사람들이 시간이라고 답할 것이다. 이 시간은 불가역적이며 늘 새로운 것이다. 그리고 그 시간이야말로 우리 인생을 구성하는 가장 중요한 요소이기도 하다.

우리는 아무 것도 하지 않을 때 아무 것도 소비하지 않는다고 생각한다. 그러나 아무런 일을 하지 않는다 하더라도 우리는 끊임없이 시간을 소비하고 있으며, 그것은 마치 심장이 자기 의지와 상관없이 피를 순환시키고 폐가 쉬지 않고 공기를 들이마시듯, 쉼 없이 지출되는 비용이다.

시간은 무한히 주어진 것이 아니라는 점에서 그것의 소중함을 다시 생각해 보아야 한다. 물을 예로 생각해 보자. 우리나라는 산업사회 이전에는 개울물도 마실 수 있을 만큼 깨끗한 금수강산이었다. 그러나 오염은 급속도로 진전되었고 급기야 지하수도 마실 수 없는 지경이 되었다. 80년대만 해도 물을 돈 주고 사먹는다는 생각은 아무도 하지 못했다. 돈을 물처럼 쓴다는 속담처럼 물을 하찮은 것으로 여겼으나 더 이상 물은 쉽게 마실 수 있는 흔한 것이 아니다. 더 나아가 대한민국은 물 부족 국가 중 하나가 되었다.

시간은 그것이 무한하다고 여겨질 때 하찮게 느껴지다가 더 이상 샘솟지 않는다는 것을 깨닫게 될 때 무한히 소중해진다. 아이러니하게도 많이 가지고 있을 때는 그 소중함을 등한히 하다가 그것이 적어질 때 소중함은 극대화 된다.

이렇게 유한하고도 소중한 시간을 소비하면서 우리는 무엇을 얻어야 할까? 돈이 얼마 없는 사람은 그것으로 가장 필요한 것을 사려고 할 것이다. 시간이 얼마 남지 않은 사람은 가장 중요하다고 생각하는 것부터 하려고 할 것이다. 그러나 막상 가장 중요한 일을 찾으려고 보니 그동안 중요하게 처리했던 것들, 즉 업무상 급박한 결정, 이윤, 승진, 소유 같은 것이 아니라는 점이 명확해 진다. 그 중요하게 생각된 것들을 제하고 나니 '무엇이 중요했던가' 공허함에 빠지게 된다.

과연 내 삶에서 중요하지 않은 것들이 있었던가? 내가 겪어 가고 있는 모든 일들이 나를 지탱하고 나를 있게 만든 요소들이다. 그것들 하나하나는 모두 소중하다. 그러나 그것 자체로서 끝나고 만다면 삶에서 진정으로 얻는 것은 없을 것이다. 죽음이 몸을 소멸시키듯 그동안 삶을 통해서 일구었던 모든 소유도 무의미해지기 때문이다.

문제는 그 모든 삶을 통해서 무엇을 깨닫느냐 하는 것이다. 깨닫지 않고서는 인생이 의미가 없다. 삶은 그 전체가 수업시간이고 지구는 거대한 교실이다. 우리는 2000년대라는 수업시간에 들어와서 무엇을 배우고 있는지 그리고 무엇을 깨달았는지 살펴보아야 한다. 육신은 유한하지만 영혼은 영원하다. 영원을 사는 존재가 단지 몇 십 년을 사는 물질세계에 매여 사는 것은 참으로 안타까운 일이 아닐 수 없다. 성찰하는 삶이야말로 자기에게 주어진 시간을 가장 잘 소비하는 방법일 것이다.

미래를 보는 법

현재의 나는 과거에 내가 무엇을 했느냐에 의해 영향을 받는다. 가령 지금 피아노를 칠 수 있다면 과거에 피아노를 연습했다는 것을 의미한다. 외국어를 잘 할 수 있다면 회화를 연습했을 것이고, 농구를 잘한다면 농구 연습을 많이 했을 것이다. 간혹 훈련을 거치지 않았음에도 그러한 능력을 갖게 되는 경우도 있다. 이런 사람을 영재라고 한다. 그러나 모든 사람이 영재일 수 없고, 훈련을 거치지 않고서는 뛰어난 능력을 갖게 되리라 기대하기 힘들다.

현재의 나는 하늘에서 떨어진 것은 아니다. 처음 태어난 아이들의 능력은 거기서 거기이다. 울음이 특별히 우렁찬 것 말고는 별다른 차이점이 없다. 하지만 자라면서 어떤 환경과 어떤 부모의 양육을 받느냐에 따라 그 모습은 천차만별로 달라진다.

현재의 나는 과거에 내가 무엇을 했느냐에 결정되는 것과 마찬가지로 미래의 나는 현재 내가 무엇을 하고 있느냐에 의해 결정된다. 사람들은 미래에 어떤 능력을 갖고 싶다는 꿈을 꾸지만 현재 그와 관련된 행위를 전혀 하지 않는 경향이 있다. 그리고는 신세 한탄을 한다. 부모 탓을 한다. 자신 이외의 주변 탓을 한다. 그렇게 남의 탓만 하다가는 '남의 탓을 하는 능력'만 남게 된다.

미래의 자기 모습이 궁금하다면 현재 자신이 무엇을 하고 있는지 유심히 살펴보면 된다. 일을 한다면 일꾼이 되고, 공부를 한다면 공부꾼이 될 것이다. 도박을 한다면 도박꾼이 되고 절약을 한다면 절약꾼이 될 것이다. 미래를 점치기 위해 점쟁이를 찾아갈 필요는 없다. 지금 내가 하고 있는 행위들이 미래를 만들어 가기 때문이다.

나는 현재 무엇을 하고 있는가? 그리고 나는 미래에 무엇이 되고 싶은가? 이 두 가지를 연결시키지 못한다면 언제나 꿈은 꿈으로서만 남게 될 것이다.

판단

나는 오늘 내가 내린 결정이 절대적으로 옳다고 믿지는 않는다. 다만 지금 당장 이러한 결정을 내리지 않으면 한 걸음도 앞으로 나아갈 수 없기 때문에 그러한 결정을 내릴 수밖에 없는 것이라고 생각한다. 가령 저녁밥을 먹는 것이 옳은지 그른지 알 수가 없다. 내 아버지의 경우 저녁을 드시는 것이 아주 좋지 않다고 믿기 때문에 저녁을 거르신다. 나는 저녁을 굶으면 잠이 잘 오지 않기 때문에 밥을 먹을 수밖에 없다. 한창 왕성하게 일하는 나이에 식사량을 줄이는 것이 옳은가 그른가? 이것에 대한 정확한 판단을 하기 위해서는 그 각각에 대한 논문을 찾아보고 경험담을 들어보고 실제로 해보는 수밖에 없다. 그러나 이렇게 내린 결론도 정말 옳은 것이라고 확신할 수는 없다.

지금 하고 있는 행동 하나 하나는 미래의 나를 만들어 간다. 그러나 그 행동들이 미래에 어떤 결과로 나타날지는 아무도 모른다. 최근 구속된 전직 대통령들, 고위 관료들은 재임시절에 '내가 이렇게 하면 구속 되겠구나'라고 생각하면서 그런 비리를 저지르지는 않았을 것이다. 그런 대통령을 가진 국민들은 불행하겠다고 생각하지만 우리는 그런 사람들을 통해서 어떤 사람이 지도자의 자리에 있어야 하는지를 배우게 되었다. 그들은 모든 국민들에게 민주주의란 무엇인가를 가르쳐 주는 훌륭한 교보재 역할을 한 것이다.

때때로 우리는 지금 내가 하고 있는 행동들이 대단히 비효율적인 줄 알면서도 평소 해오던 습관 때문에 그런 방식으로 하고 있는 것을 볼 때가 있다. 옳지는 않지만 단지 그것이 익숙하고 편하기 때문이다. 새로운 방식으로 삶을 산다는 것은 얼마나 힘든 일인가? 그러나 크게 잘못된 것이 아니라면 변화를 꽤하는 것보다 습관을 유지하는 것이 오히려 나을 수도 있다.

나는 종종 어느 것을 선택해야 할지 몰라 하는 결정 장애를 보일 때가 있다. 매 순간 이렇게 해야 좋은가 저렇게 해야 좋은가 갈등하게 된다. 그래서 누가 보면 정신 나간 사람처럼 같은 자리를 맴돌게 된다. 일어섰다 앉았다를 반복하게 된다. 그러나 시간이 지나고 나면 '이렇게 했어도 저렇게 했어도 별반 차이도 없는 것을 뭘 그렇게 고민 했나?'하고 한심하게 생각한다. 지나쳐온 시간이 짧다면 그 선택의 결과가 크게 달라 보일 수도 있을 것이다. 하자만 백년, 천년, 만년 을 두고 보면 그것은 0으로 수렴된다는 것을 깨닫게 될 것이다. 언젠가 지구는 사라질 것이고 인간의 행위는 무의미했음을 알게 될 날이 올 것이다.

우리가 아무리 저지한다고 하더라도 시간은 끊임없이 우리 손아귀에서 빠져 나간다. 나는 언제나 현재를 떠나보낸다. 시간을 잠시 멈춰두고 싶지만 멈출 수 없는 강물이 되어 나를 실어 나른다. 내가 선택을 하던지 하지 않던지 상관없이 밀고 나가는 것이다. 결국 내 선택 따위는 아무런 영향을 주지 않는다.

나는 오늘 옳은 선택을 하는가 그른 선택을 하는가 고민하지 않는다. 다만 내가 선택을 하고 있음을 자각한다. 그 선택은 때때로 옳고, 때때로 그르다. 또한 오늘 옳다고 생각했던 선택은 내일 그르고, 오늘 그르다고 생각했던 선택이 내일 옳을 때도 있다. 나는 무엇을 보는가? 매 순간 선택하고 있으나 판단하지 않는 나이다. 현상에 안달하지 않고, 유유히 흐르는 강물처럼, 내 삶을 바라볼 뿐이다.

시험

학교에서 시험을 보는 것은 학생들을 점수로 줄 세우기 위함은 아니다. 그것은 가르치고 나서 학생이 얼마나 이해했는지 확인해 보는 과정이다. 학생들은 이해했다고 착각하거나 그 시간을 모면할 요량으로 '이해했다'고 말할 수 있다. 그러나 실재로 확인을 해 보면 이해하지 못한 경우가 많다. 그러므로 시험은 학생들의 이해 수준을 객관적으로 판단할 수 있는 도구가 된다.

그럼에도 불구하고 시험이 학생들을 줄 세우는 도구로 전락한 것은 이해력의 확인이라는 그 본래 의미를 잊고 점수라는 현상에 집중하기 때문이다. 학교에서 신체검사를 할 때 시력검사도 한다. 학생의 시력이 얼마나 되는지 테스트 하는 것이다. 눈이 나쁘면 안경을 맞춰야 한다. 그 정도가 아니라면 눈이 나쁜 학생을 배려해서 앞자리에 앉히기도 한다. 그런데 이 학생이 단지 점수를 높이고자 보이지도 않는데 시력 검사판을 몽땅 외워서 줄줄이 읊어 댄다면 그는 자기 시력을 제대로 확인할 수가 없다. 이와 마찬가지로 이해하지도 못하고 외워서 높은 점수를 획득하는 것은 이해력의 측정이라는 관점에서 큰 부작용이 있다. 시험

점수는 이해하는 과정을 거친 학생들에게 의미가 있다. 그러므로 점수라는 현상 보다는 그것이 갖는 이해력의 측정이라는 내재적 의미에 집중해야 한다.

우리들의 삶도 마찬가지이다. 사람들은 화려한 상류층의 삶을 동경하고 초라한 하층민의 삶을 기피한다. 그러나 삶은 시험점수처럼 하나의 현상이지 본질일 수는 없다. 풍족하거나 가난한, 완벽하거나 부족한 삶을 사는 것이 중요한 것이 아니라 그러한 삶을 사는 이유를 아는 것, 즉 삶을 이해하는 것이 중요하다.

사는 동안에는 가진 것이 없어서 불편하고, 부족해서 짜증나고, 무엇을 못해서 화가 나지만 죽을 때는 '그 모든 것이 다 필요한 인생이었다.'라는 것을 깨닫게 된다. 그러나 깨닫지 못한 사람은 '헛되다. 부질없다.'고 한탄할 것이다.

곧 죽을 사람이 '돈이나 실컷 벌어봤으면 좋겠다.'라든가 '높은 지위에 오르고 싶다.'라는 욕망을 드러내지는 않을 것이다. 다만 죽을 사람은 살고 싶은 욕망 밖에는 없다. 죽음이란 사람이 극복할 수 없는 극한의 시련이다 보니 살기만 하면 무엇이든 다 할 수 있을 것 같은 착각에 빠진다. 그러나 막상 살려 놓으면 평소 습관대로 다시 돌아간다.

이해하지 못한 학생이 시험점수를 잘 받기 위해서는 완벽하게 외워야 한다. 암기력이 약한 학생은 시험 문제를 미리 빼내어 그것만 달달 외우면 된다. 그런 시험이 무슨 의미가 있겠는가? 공부의 목적이 이해라면 그것을 이해하기 위해서 최선의 노력을 다 해야지 다른 편법을 사용해서는 안 된다.

만족하지 못한 사람들은 자기 삶을 이리 저리 내두르려 한다. 그러나 이해하지 못한 학생에게 100점이 의미 없듯이 삶을 이해하지 못한 사람에게 완벽한 삶도 의미가 없다. 삶을 이해하기 위해 고뇌해야한다. 편리하고 안락한 생활 속에서는 도무지 삶에 대한 고뇌같은 것은 찾아보기 힘들다. 그런 의미에서 완벽한 삶 보다는 불완전한 삶이, 편안한 삶 보다는 불편한 삶이 인생 공부에 더 도움이 된다.

보석 같은 존재

어른들은 어린 아이들에게 무엇이 되라고 말한다. 그러나 어른들은 이미 아이가 사람인 것을 망각한 것 같다. 우리는 태어나면서부터 이미 무엇이 된 것이다. 나는 내가 되었는데 그것을 알아차리지 못하고 자꾸만 무엇이 되려고만 한다. 나는 내가 아닌 무엇이 되어야 하는 걸까?

어릴 때는 위인전기를 많이 읽는다. 그리고 '나도 저런 사람이 되어야지.' 하고 다짐을 한다. 어른들은 '훌륭한 사람이 되라.'고 다독인다. 그러나 어떤 사람의 전기를 읽는 이유는 내가 그런 사람이 되기 위해서가 아니라 '저런 사람도 있구나.' 하는 것을 깨닫기 위함이다.

나는 세상에 둘도 없는 사람이다. 아무리 찾아봐도 나와 똑같은 사람은 없다. 보석이 귀한 이유는 그것의 아름다움뿐만 아니라 희귀성 때문일 것이다. 사람은 누구나 아름답다. 그리고 희귀하기로 따지자면 둘도 없는 그런 존재이다. 나 이외의 다른 사람이 된다는 것은 그 희귀성을 상실하는 것으로서 값어치가 떨어지게 만든다.

사람을 값으로 매길 수가 있을까? 사망 보험금을 지급할 때 혹은 사고를 당하고 보상금을 지급할 때 우리는 불가피하게 사람을 금액으로 환산한다. 사람에게 이보다 더 치욕적인 일은 없을 것이다. 사람은 그 자체로 소중하며 그 무엇으로도 대체할 수 없는 존재이기 때문이다.

관찰하기

사진작가와 글 작가, 화가는 삶의 단면을 보는 능력이 있다는 공통점이 있다. 발표된 사진이나 글 혹은 그림을 보고 그 사람이 늘 그러한 모습으로 살고 있으리라 상상해서는 곤란하다. 그들의 일상은 일반인의 그것과 별반 다르지 않기 때문이다. 다만 그들은 일반인들이 특별하게 느끼지 못할 부분에 대해 특별하게 느끼고, 그냥 스쳐 지나갈 사건을 유심히 관찰하며, 그것을 자기 것으로 승화시켜 무엇으로 남기는 재능이 있을 따름이다.

모든 것은 삶 속에서 나온다. 많이 배웠다고 해서 혹은 많이 안다고 해서 이를 수 있는 경지는 아니다. 「생각의 탄생」에서 보면 소위 학교에서 공부 잘한다고 하는 부류가 얼마나 비 창의적이고 실생활에 적용 불가능한 지식으로 머릿속을 채우는지 확인할 수 있다.

우리에게 필요한 것은 단지 아는 것으로 만족하는 지식 그 자체가 아니라 생활 속에서 유용한 이해력이다. 이것은 완전히 내면화 되지 않은 상태의 지식으로는 불가능한 경지이며 반대로 아무리 지식이 부족하다로 하더라도 관심이 충만한 사람이라면 누구나 도달 가능한 경지이다.

삶을 찬찬히 들여다보면 그것이 나에게 말하고자 하는 것들이 때때로 떠오른다. 그러면 그 사건으로 인해서 내가 들을 수 있는 것이 무엇인지 가만히 귀 기울여 본다. 처음에는 아무리 기다려도 그 무엇이 떠오르지 않는다. 그러나 끈질기게 그것을 붙잡고 있으면 결국 그는 제풀에 지쳐 삶의 정수를 내어 놓는 것이다.

문제는 시간이다. 얼마나 오랫동안 물고 늘어질 수 있는가? 삶이 바쁜 현대인은 한 사건에서 다음 사건으로 넘어가는 시간이 대단히 짧다. 그렇기 때문에 관심의 이동은 순간적이고 그만큼 깨달음이란 멀어진다.

게으름, 차분함, 느긋함은 다만 삶의 여유를 만끽하기 위해서 필요한 것은 아니다. 오로지 그러한 행위로서만 관심을 기울이는 시간을 확보할 수 있으며 그 시간이 길어질수록 삶의 정수는 깊어진다.

나는 오늘 무엇을 보는가? 무엇을 듣는가? 무엇을 만지는가? 어떤 냄새를 맡는가? 무엇을 먹는가? 각각의 것들은 각자 다른 감각들을 다채롭게 자극한다. 그러나 우리는 그것을 소음으로, 쓰레기로, 악취로, 단일하게 처리하고 있지는 않는가 돌이켜 보아야 한다.

지구는 엄청난 속도로 돌고 있고 땅은 조금씩 움직이고 있으며 들에 풀들과 나무들은 그 생장과 소멸을 멈추지 않으며 매일 매일 다르게 내보이고 있다. 엄밀히 말해 어제와 같은 오늘은 없다. 그럼에도 불구하고 우리들은 오늘을 어제처럼, 내일을 오늘처럼 취급하고 그래서 항상 같은 일상이라고 말해버린다.

지금 당장 느껴지지 않는다고 해서 실망할 필요는 없다. 모든 기능의 단련에는 경험이 필요하듯 그것을 느끼기 위해서는 얼마정도의 시간은 필요하다. 안될 것 같을 때 조금 더하고, 되었다고 생각할 때 조금 더 나아간다면 우리는 결국 그 끝을 보게 될 것이다.

훌륭한 맛

홀로 아침밥을 먹다가 문득 식탁 앞에 놓인 꽃이 눈에 들어온다. 밥과 반찬은 그대로인데 왠지 모르게 입맛이 살아난다. 음악을 틀어본다. 귀가 즐거우니 밥맛은 더욱 좋아진다.

음식의 맛은 온갖 재료들과 요리사의 솜씨에 의해 결정된다. 그것은 당연한 진리이다. 그러나 요리의 원재료들뿐만 아니라 주변 환경과 소리, 더 나아가 누구와 같이 먹느냐는 그 맛을 내는데 중요한 요인들로 작용한다. 이것은 내 삶이 주변인들로 인해서 풍요롭게 되기도 하고 피폐해지기도 하는 것과 같은 이치다. 보통 자기 삶을 결정짓는 데는 스스로의 의지가 중요하다고 믿지만 그 외에도 삶을 이끄는 요소들은 널려 있다. 심지어 환경은 내 의지와는 다르게 나를 이끄는 경우도 많다.

우리는 음식 맛이 그 자체의 맛 때문인가 아니면 분위기나 요리사의 명성 혹은 맛 집이라는 평가 때문인가 명확히 알지 못한다. 그러나 사람들은 무엇 때문이라고 쉽게 단정 짓는 경향이 있다. 그래서 과대평가된 음식점이라도 맛 집이라는 명성 때문에 '이 집은 정말 요리를 잘해.'라고 믿어버리는 것이다.

사람들은 나쁜 상황에 처하게 될 때 이것은 주위의 어떠어떠한 상황 때문에, 운이 나빠서 혹은 누구 때문에 이렇게 됐다고 그 책임을 회피하곤 한다. 그리고 일이 잘 풀릴 때는 스스로 너무나도 잘 대처했기 때문에 이런 결과를 맞을 수 있게 되었다고 자화자찬 하는 것이다.

그러나 일이 잘되고 못되는 것은 자기 탓이기도 하고 자기 탓이 아니기도 하다. 우리 삶 속에는 나만 존재하는 것은 아니기 때문이다. 그것은 음식이 온갖 재료들과 주변 환경들이 어우러져 입맛을 돋우듯 내 삶과 다른 사람들의 삶이 더해져 오묘한 맛을 만들어 낸다.

그럼에도 불구하고 음식의 맛은 요리 그 자체가 가장 중요하다. 마찬가지로 삶의 맛은 자기 자신이 최우선인 것이다. 훌륭한 요리사라면 자신의 음식이 호평을 받을 때 음식 이외의 다른 요소들이 그 맛을 보정하지 않았는지 살펴보며 겸손해 한다. 그러나 혹평을 받았을 때는 스스로를 되돌아보며 어떤 과정에 실수가 있었는지 면밀히 따져본다. 그랬을 때 비로소 훌륭함이란 유지될 수 있는 것이다.

거지 키우기

거지 키우기라는 모바일 게임이 있다. 처음에는 진짜 거지가 있고 그 거지가 돈을 벌어 의사거지, 판사 거지, 음악가 거지, 마술사 거지 등등을 키워 마지막에는 외계인 거지와 외계인 여자 친구 거지를 고용하게 된다.

만약 이 게임에서 제공하는 모든 캐릭터를 갖게 된다면 온갖 거지들의 구걸로 인해 나는 매 초당 50억이 넘는 돈을 벌게 된다. 이렇게 많은 돈이 벌려도 더 많은 돈이 필요한 것은 사야 할 물건이 보통 몇 십억에서 몇 백조까지 그야말로 천문학적인 숫자의 돈이 요구되기 때문이다.

게임에서 돈을 아무리 많이 번다고 하더라도 그것으로 자신이 부자라고 인식할 사람은 아무도 없을 것이다. 왜냐하면 그 돈으로는 실생활에서 필요한 어떠한 물건도 살 수 없기 때문이다. 그럼에도 불구하고 사람들이 이러한 허황된 게임에 접속하는 것은 가상 세계에서라도 돈에 대한 갈증을 해소하고자 하는 욕망에서 비롯된 것이리라.

돈을 쓸 수도 없는데 무작정 모으기만 하는 것은 이 모바일 게임에서 거지가 수 백억, 수 천조씩 벌어들이는 것과 별반 다를 바가 없다. 어떤 식물인간인 재벌 총수가 자신이 병상에 누워있는 그 순간에도 통장에는 몇 백억씩 들어오는 것은 그 자신에게는 하등의 이로움이 없는 것과 같다. 도리어 그 망할 놈의 돈 때문에 돌아가야 할 본향으로 떠나지 못하고 다만 최신 의료 기술로 목숨을 연명하며 괴로운 생활을 지속하는 것은 축복이기 보다는 저주에 가깝다.

돈의 가치는 사용하는데 있는 것이지 그것을 모으는데 있지는 않다. 쓸 수 없는 돈은 부도난 기업의 주식이고 그들이 발행한 어음이다. 돈을 가지고 시장에 나갔을 때 그만한 교환 가치가 인정될 때 비로소 제 기능을 발휘하는 것이다.

우리는 먹기 위해서 사는가? 살기 위해서 먹는가? 단지 더 많이 먹기 위해서 먹는다면 그는 돼지나 다를 바가 없다. 그래도 돼지는 먹는 것으로 인해서 고기라고 하는 유용한 결과물을 창출한다. 그러나 인간이란 많이 먹어 비대해진다고 하더라도 그 몸뚱이로는 아무런 유익을 줄 수 없다.

먹는 것은 그 행위로서 몸에 필요한 영양소를 공급 받는데 목적이 있다. 미식가들은 먹는 것 자체를 목적으로 하지만 그것은 감각적 쾌락 이외에 아무런 소득도 없다. 그들은 많이 먹기 보다는 오히려 적게 먹음으로써 그 만족을 극대화 시킨다.

인간의 오래된 소망 중에 하나는 오래 사는 것이다. 죽지 않기 위해 불로장생의 명약을 찾으려고 발버둥 치는 진시왕의 몸부림은 이러한 바람을 극명하게 보여준다. 그러나 오로지 살기 위해서 사는 것은 먹기 위해서 먹는 것이나 혹은 많이 모으기 위해서 버는 것과 별반 다르지 않다.

만약 어떤 행위를 해야 한다면 '이것을 왜 해야만 하지?'라는 질문을 던져야 한다. 우리가 사회 정의 운동을 한다면 그것은 다만 사회 정의를 구현하기 위해서 하는 것은 아니다. 그 행위로 인해서 이 사회가 행복해졌으면 하는 희망이 담겨있다. 그러면 그 다음은 '우리가 왜 행복해 지려고 하는가?'에 대한 질문이 생성된다.

이렇게 꼬리에 꼬리를 무는 물음을 던지다 보면 마침내 '나는 왜 사는가?'라는 근본적인 질문에 다다르게 된다. 오래 사는 것보다 짧게 살아도 왜 사는지 아는 것이 중요하다.

준비

준비가 안 된 투수를 마운드에 올리는 것은 홈런을 맞으라고 하는 것과 마찬가지다. 준비가 안 된 경영자에게 회사를 맡기는 것은 부도를 내라는 소리와 같다. 준비가 안 된 장수를 전장에 내보내는 것은 나가서 죽으라는 명령과 다르지 않다.

욕구는 크고 의지는 약한 우리는 너무나 쉽게 경기장에, 직장에, 전장에 뛰어든다. 그러나 그 결과는 참혹해서 언제나 쓰디쓴 실패의 잔을 들이키게 된다. 도전하는 삶이 아름답다고 하여 그러한 절망쯤은 아무 것도 아닌 것처럼 당당하게 돌아서지만 그 안에는 누구도 감내하기 힘든 상처가 있다.

위험에 뛰어들기 전에 기다림은 대단히 중요하다. 언제가 때인지 자세히 들여다보라. 나는 준비가 되었는지 점검해 보라. 과연 이것이 나에게 주어진 절호의 기회인지 아니면 욕심에 눈 먼 무모한 도전인지 살펴보라.

나는 누구인가?

나는 나인데 나를 정말 모르겠다.

나는 '나'이기 때문에 나를 객관적으로 바라볼 수 없다. 또한 타인은 내가 아니기 때문에 주관적인 나를 볼 수 없다. 나를 완전히 이해하기 위해서는 '나'이면서 동시에 내가 아닌 관점으로 '나'를 바라볼 수 있어야 한다. 이렇게 통합된 나를 안다는 것은 자아의 완성이요 깨달음의 극치이다.

주관적으로 바라본 나는 대단히 합리적이고 정의로운 존재이다. 주관적인 나는 어떤 판단을 할 때 숙고에 숙고를 거듭해서 결정을 한다. 어떤 것이 정말 바른 판단인가 고민을 하다가 스스로 풀지 못할 경우 나름 훌륭하다고 생각하는 사람을 찾아가 조언을 듣기도 한다. 그러나 실상 그 답은 이미 내 자신이 내린 상태이다. 그것은 다만 '당신 생각이 옳다'라는 확증을 받기 위한 하나의 과정에 지나지 않는다.

한편 나에 대한 객관적인 시각은 대단히 비이성적이고 이기적이라는 견해가 많다. 사람은 정情이나 사상을 떠나서 육체적으로 존재해야하기 때문에 그것을 유지하기 위하여 이기적으로 행동할 수밖에 없다. 그것이 간혹 이타적인 형태로 나타나기도 하지만 그 본질 속에는 이기심이 존재한다. 다만 이타적이라고 불리는 사람은 나의 테두리를 좀 더 넓게 가지고 있는 것뿐이다. 만약 내가 어떤 집단이나 국가 혹은 사상, 가장 넓게는 전 지구적인 테두리 속에 존재하지 않는다면 그것에 대한 이타심이라고는 찾아볼 수 없는 것이다.

소크라테스가 단지 '너 자신을 알라'라고 했을 때 왜 사람들은 그렇게 흥분해서 그를 죽이지 못해 안달이 난 것일까? 그것이 죽을 만큼 큰 죄인가? 예수가 '너희들은 모두가 죄인이다'라고 했을 때 유대인들은 왜 그렇게 광분하여 그를 죽이려고 했을까? 그것은 주관적으로 바라보고 있는 나를 완전히 부인하는 것이기 때문이다. 아무리 흉악한 살인을 저지른 사람일지라도 자기 자신은 정당하며 그렇게 행동할 수밖에 없는 타당한 이유가 있다고 믿는다. 또한 그런 극단적이지 않은 상황에서 자기 자신은 너무나도 선량하고 온순한 존재라고 믿는 것이다. 그러나 객관적으로 그 사람을 판단하자면 일고의 가치도 없는 죄인일 따름이다.

죄인에게 죄인이라고 말하는 것은 대단히 위험한 행동이다. 하물며 진정으로 착하게 살고 있다고 스스로도 믿고 있고 또한 많은 사람들이 그렇게 인정하는 사람들에게 너는 죄인이며 정의롭지도 않고 이타적이지도 않다고 말한다면 그들은 너무나도 쉽게 그것을 거부할 것이며 더 나아가 그렇게 말한 사람을 정신병자로 취급하고 급기야 이것은 정의에 대한 반란이라고까지 주장할 것이다.

모든 병의 치료는 환자의 현재 상태를 정확히 진단하는 것부터 시작된다. 병을 모르고 치료를 한다는 것은 있을 수 없는 일이다. 그것은 그를 살리기보다는 죽이는 일에 가까울 것이다. 마찬가지로 우리가 현재의 죄악 된 세상을 벗어나기 위해서는 나 자신이 절대 이타적이지 않은 존재임을, 심지어 정의를 부르짖고 있는 그 순간에도 나는 정의롭지 않다는 점을 떠올릴 수 있어야 한다.

이 얼마나 대담한 시도인가? 그렇게 된다면 인간은 그 가야 할 방향을 잃어버리고 도무지 어떻게 행동해야할지 알 수 없는 공황상태가 되고 말 것이다. 그렇기 때문에 많은 학자들, 정치인들은 그것을 규범화하고 규제하며 이타적이지 않은 혹은 극단적으로 이기적이라고 보이는 사람을 죄인이라고 특정지어서 억압한다. 그래야지만 사회는 유지되고 평화로울 수 있다고 믿는 것이다.

그러나 예수는 그것을 단죄하기 보다는 용서함으로써 모든 문제를 해결하려고 시도하였다. 지구상에 존재하는 모든 생명이 이기적이고 동시에 죄인이라면 죄인이 죄인을 정죄하는 것으로 이것은 대단히 부당한 일이 될 것이다. 그러나 현재는 그보다 더한 일이 일어나고 있다. 나라 팔아먹은 매국노가 독립운동을 하던 투사를 핍박하며, 큰 사기를 친 놈이 작은 속임수를 쓴 사람들을 정죄하고 많은 사람을 죽인 살인자가 좀도둑을 재판하는 그런 사회이다. 이러한 불합리도 정의롭다고 믿는 사회이다. 그러니 선량한 사람에 대한 객관적인 판단은 너무나 요원한 일이다.

나를 아는 것은 내가 죄인임을 시인하는 것에서부터 시작된다. 사람은 살아있는 것 자체만으로도 자연에 엄청난 부담을 주고 있다.

"영국의 한 브라그에서는 인간이 숨쉴 때 내뿜는 이산화탄소의 양을 계산했다. 인간은 일 분에 12번, 한 시간에 720번, 하루에 1만7000번, 일년에 6300만번 숨쉰다고 한다. 숨을 들이마쉴 때는 550㎖의 공기를 들이마시는데 그중의 115㎖는 산소이다. 내 쉴때는 한 숨의 3-5%는4분의 1정도의 산소가 이산화탄소가 된다. 즉 27㎖가 유해한 온실가스로 변해서 공기 중에

배출된다. 이산화탄소의 무게가 2g/ℓ라고 추정하면 쉬고 있는 한 사람이 17만ℓ 혹은 340㎏의 이산화탄소를 일 년간 배출한다."[13]

인간은 태어나면서부터 자연에 빚을 지고 있는 셈이다. 이것은 영원히 갚지 못할 채무관계이다. 그렇다면 우리는 어떻게 행동해야 할까?

상대방이 나를 미워할 때 나의 사랑에 부족함이 없었는지 되돌아보라. 불편한 일을 당했을 때 그 원인을 상대방의 잘못으로 돌리기 이전에 자기 자신의 잘못을 돌아보고 남에게 불편함을 끼치지 않았는지 생각해 보라. 세상은 모두 주고받는 것. 일방적으로 주거나 일방적으로 받기만 할 수는 없다.

이 모든 것은 스스로의 고민 속에서, 스스로 깨달아 알아야 하는 것이지 누가 가르치거나 강요해서 얻을 수 있는 것은 아니다. 다만 내가 믿고 있는 '나'는 진실한 '나'인지 다시 한 번 곰곰이 생각해 볼 필요가 있다.

---

13 김은영, 「숨쉬기의 탄소배출량」, 한국에너지, 2007.07.30.
https://www.koenergy.co.kr/news/articleView.html?idxno=33849

현존하는 나

현재의 나는 미래의 나를 위해 존재하는 것은 아니다. 마찬가지로 과거의 나는 현재의 나를 위해 존재하지 않았다. 어머니는 자식을 위해서, 남편은 아내를 위해서, 개인은 사회를 위해서 존재하는 것은 아니다. 다만 나는 매 순간 실존했으며 그 자체로 의미가 있고 아름다웠다. 그야말로 천상천하유아독존이다.

현재 자기 자신의 모습에 집중하지 못한다면 그것은 과거의 나에 대한 배신이요 미래의 나에 대한 모독이다. 나는 나 아닌 다른 어떤 것들을 위해 희생하는 존재가 아니다. 그럼에도 불구하고 현재의 나에 대해 지극히 충실할 때 내 주변인들과 내 미래는 긍정적인 영향을 받으며 그것 자체로서 밝은 빛을 발산할 수 있게 된다.

현재는 미래의 훌륭한 모습을 하고 있는 나를 위해 준비하는 기간이라고 가정해 보자. 그런데 그렇게 고대해 마지않던 훌륭한 미래가 채 오기도 전에 죽음의 그림자가 드리워졌다면 미래에 대한 현재의 소비는 얼마나 헛된 것이 되겠는가?

소비는 이것을 저것으로 대체할 때 일어난다. 현재를 미래로 대신하려 한다면 그것은 현재를 소비하는 것이 된다. 자본주의는 태생적으로 자본의 순환을 통해 살아가기 때문에 끊임없이 소비를 자극하며 소비가 줄어들 때 경제 성장은 멈췄다고 호들갑을 떤다. 그러나 실상 살아가는 일이란 먹고 자고 싸는 일 이외에 더 중요한 일은 별로 없고 그것이 정상적으로 일어나고 있는 한 우리의 삶은 별 탈 없이 지속될 수 있다.

현재에 몰입하는 것이란 이러한 기본적인 생리현상을 있는 그대로 받아들이는 것에서부터 시작된다. 우리는 먹으면서도 그 맛을 모른다. 맛을 느끼기에는 너무나 바쁘고 그것을 음미하기엔 먹을 것이 너무나 많다. 입이 혼탁해져 있으니 그 맛을 진실로 느끼기엔 역부족이다.

바쁜 현대인들은 잠자는 시간을 죽은 시간이라고 여긴다. 잠은 현실세계와는 반대로 이상세계로 나아가는 길목이다. 꿈은 그 정신세계를 보여주는 하나의 매체이다. 우리는 꿈에 집중할 때 자신의 내면을 더 잘 들여다 볼 수 있으며 포장되지 않은 완벽한 실체를 볼 수 있다.

똥은 더러운 것이다. 그래서 우리는 똥을 싸놓고도 그것을 보기 싫어한다. 똥은 그것이 몸 밖으로 나오기 전까지만 하더라도 내 몸의 일부였다. 그것은 몸에 에너지를 공급하는 원천이었으며 다음 에너지를 생산하는 자원이다. 그럼에도 불구하고 그것은 사용가치가 소멸 되었다고 폐기물 취급하는 것은 똥에 대한 부당한 대우이다.

너무나 바쁜 현대인들은 무엇을 먹는지도 모르고 먹고, 잠을 자는지도 모르고 깨어나며, 똥을 싸고도 고마움을 모르는 불쌍한 존재이다. 내가 오늘 큰일 하지 않는다고 세상에 큰일 나지 않는다. 스스로가 중요하다고 생각하는 그 사람들은 자기가 하는 일이 중요하다고 믿고 있지만 정작 중요한 것은 자기 자신을 잃어가는 것임을 망각하고 있다.

자기 목숨을 내어주어 세상을 구원한다고 하더라도 자기 자신을 구원하지 못한다면 무슨 의미가 있을까? 반대로 자기 자신을 구원하지 못하는 사람이 세상을 구원할 수 있을까? 이것은 마치 음식을 할 줄도 모르는 사람이 요리를 해주겠다고 칼 들고 설치는 것과 같다. 성인들은 자기 구원에 대한 확신이 있었기 때문에 세상의 구원자를 자처할 수 있었다. 그러나 아직 미명을 보지도 못한 중생이 어찌 세상을 온전히 밝히겠다고 날뛸 수 있을 것인가?

감정의 총화

사람은 다양성을 좋아하고 단조로움을 싫어한다. 그래서 돈이 많으면 많을수록 한 가지 품목을 여러 종류로 구비해서 사용한다. 신발 하나만 봐도 예전에는 한 켤레면 충분한 것을 지금은 운동화, 등산화, 일상화, 구두, 골프화, 축구화 등등 한 사람 것만 해도 신발장이 가득 찰 정도이다.

동시에 여러 가지를 즐길 수 없다면 그것을 자주 바꿈으로써 다양성에 대한 욕구를 충족시키려고 한다. 자동차의 경우 웬만큼 갑부가 아니면 여러 대를 소유할 수 없기 때문에 조금 실증이 날 것 같으면 다른 차로 갈아타게 된다.

하나의 소유는 한 가지 감정만을 일으키는 것이 아니라 그것 또한 다양한 느낌을 자아낸다. 처음 자동차를 샀을 때는 새로운 것을 대하는 일반적인 기쁨과 설렘이 있다. 그것을 타고 처음 질주할 때는 고물 자동차에서는 느끼지 못한 신선함과 짜릿함이 있다.

그러나 이런 느낌도 잠시, 너무 질주하다 단속에 걸리기라도 하면 짜증이 난다. 차를 타다보면 사고가 날 수도 있고 긁힐 수도 있다. 이럴 때마다 우리들은 분노 혹은 당혹감을 느낀다. 이와 같이 한 가지 사물에 대해서 여러 가지 감정들이 일어난다는 것은 자명한 사실이다.

그러나 반대로 사람들은 감정의 다양성은 즐기지 못하고 도리어 그것을 선택적으로 받아들임으로써 편협한 세계로 들어간다. 소위 좋고 나쁨의 시각으로 느낌들을 정리함으로써 자신의 취향에 맞지 않는 것들, 즉 나쁘다고 낙인찍힌 것은 쓰레기통에 넣으려고 한다. 하지만 이것은 삶의 단조로움을 재촉해서 어딘지 모를 허기짐을 느끼게 하고 더 많은 소비를 자극해서 그 감정의 배고픔을 채우도록 충돌질 한다.

카타르시스라는 느낌을 얻기 위해 슬픔과 공포가 가득한 연극을 보듯이 자기 자신의 감정을 들여다보면 굳이 새로운 것을 구입하지 않아도, 즉 연극이라는 상품을 구입하지 않아도 충분히 그 감정을 더욱 실감나게 느낄 수 있다. 우리는 드라마를 보면서 우는 것은 용인하면서도 자기 삶에 닥친 슬픔을 직시하는 것은 힘들어 한다. 사실 좋고 나쁨의 관점에서 대상을 바라본다면 좋은 것보다는 나쁜 쪽이 훨씬 많다. 그렇다면 우리 삶은 살아야 할 이유보다 살지 말아야할 이유가 훨씬 커지는 것이다.

우리에게는 좋은 감정, 나쁜 감정이 있는 것이 아니라 다만 감정이 있을 뿐이다. 한번쯤 이런 경험을 해본 적이 있을 것이다. 나는 가만히 있는데 사람들이 나를 좋은 사람으로 만들었다가 나쁜 사람으로 만들었다가 하면서 들었다 놨다를 반복하여 스스로를 어지럽게 만드는 것이다.

감정이란 본디 각자 나름의 음을 가지고 있어서 고유한 소리로 나타난다. 그러나 그것을 받아들이는 우리는 좋고 나쁨으로 그 음을 흔들어 고요한 소리가 아닌 혼탁한 소리로 만들어 버린다. 그리고 그 음은 본디 나쁜 음-나쁜 감정-이라고 단정 짓는 것이다.

우리 삶은 아무리 단조로울지라도 대단히 복잡한 감정을 맛볼 수 있다. 그 사건 하나하나에 집중만 하면, 나 자신에게 몰두하면 그것들은 가는 실이 되고 먼지가 되어 내 주위를 가득 채우게 될 것이다. 그 음을 하나하나 뜯어보면 청아한 소리에 귀 먹고 아름다운 빛에 눈 멀 것이다.

신세계

현대는 우리 아버지 세대에서는 감히 꿈꾸지 못했던 시대이다. 얼굴을 맞대고 통화를 하고, 가고 싶은 곳이면 어디나 하루 안에 도착할 수 있으며, 집에 앉아서 전 세계 어디에 있는 물건이든 다 살 수 있는 그야말로 하이테크 시대이다.

마찬가지로 우리 후대가 살아야 할 세상은 이전에는 없던 완전히 새로운 형태가 될 것이다. 그것은 우리가 상상할 수 없는 모습이지만 일정부분 현실화 되어 가고 있다. 가만히 앉아 있어도 내가 가고 싶은 곳으로 데려다 주고, 요리하지 않아도 원하는 음식을 먹을 수 있으며, 환상 속에서 모든 쾌락을 충족시킬 수 있는 그야말로 꿈과 같은 세계가 열리고 있다.

더 나아가 머지않은 미래에는 우주여행이 가능해질 것이다. 그것은 감각적 쾌락을 위해서 뿐만 아니라 생존을 위해서도 반드시 필요한 일이다. 여행은 만남을 의미하듯 우주여행은 필연적으로 외계인과의 조우를 예견할 수 있다.

인간의 영역 확장은, 관심사의 증폭으로 인해 오히려 자기 자신을 들여다 볼 기회를 박탈당하고 그 결과 '나는 누구인가' 깨달을 시간적 여유를 갖지 못하게 만든다. 특히 가상현실 세계는 '참 나'는 별개로 실존하는 나와 가상의 나를 구분하지 못하게 하여 결국 정신적 파국으로 치닫게 만들 것이다. 인간이 추구하는 편의의 끝은 어디인가? 종국에는 파멸로 끝날 환상의 세계다.

나는 이런 폭주하는 열차에서 내리고 싶으나 그것은 고속으로 주행하고 있기 때문에 감히 뛰어내릴 엄두를 내지 못한다. 또한 그곳에서 벗어난다면 나는 고립무원의 세계에서 홀로 고독한 생활을 해야만 한다는 중압감을 가지고 있다.

현대 민주주의는 바른 방향이 아니라 대중이 원하는 방향으로 나아간다. 대중이 꼭 옳은 것은 아니다. 반대로 그들이 반드시 옳지 않은 것도 아니다. 그렇기 때문에 정의에 대한 판단을 쉽게 내리기는 힘들다. 하지만 확실한 것은 대중은 편의를 추구한다는 점이다.

이와 같이 확실하면서도 불확실한 시대를 사는 우리는 어떻게 살아야만 할 것인가? 피하지 못할 것이라면 즐기라고 했던가? 다만 우리가 할 수 있는 최소한의 의무는 내가 그러한 궁핍한 상황에 처해 있으며 내 의지와는 별개로 그들의 의지에 의해 휩쓸려 가고 있음을 인지하는 것 뿐이다.

'새는 알을 깨고 나온다. 알은 곧 세계다. 태어나려고 하는 자는 하나의 세계를 파괴하지 않으면 안 된다.'[14]

깨닫는 것은 어쩌면 자기 자신을 깨는 작업으로 시작해서 어떤 경지에 다다르는 것을 의미하는지도 모르겠다. 내가 올바르다고 생각하는 순간 그것은 의심 받아야 하며 그렇기 때문에 깨닫는 길은 늘 두려움과 고통을 동반한다. 그렇지만 일정한 위치에 오르게 되면 그것은 모든 것을 포괄할 수 있으며 신의 시선으로 세상을 바라볼 수 있는 여유로움을 갖게 될 것으로 기대한다.

가장 소극적이면서도 우리가 할 수 있는 유일한 일은 내가 그런 불가피한 상황에 처해 있음을 인지하는 것이다. 안다고 해서 모든 것이 용서가 되는 것은 아니지만 최소한 우리가 추구하는 것은 절대 정의가 아님을 알 수 있으며, 그 결과 나와 다른 것들이 불의가 아님을 인정할 수 있다. 우리의 행위는 욕구에 근거하고 그 욕망은 생명을 담보로 하기 때문에 필연적으로 이기적이다. 이기적이라고 해서 우리 스스로를 죄인으로 낙인찍을 필요는 없다. 그것은 생존에 관한 것이기 때문이다.

---

14 헤르만 헤세 저, 홍경호 역, 『데미안·크눌프·로스할데』, 서울: 범우사, 1992, p.86

영화 <루시>에서 "시간을 무한대로 돌리면 대상은 존재하지 않게 된다."고 루시는 말한다. 시간이 없다면 인간은 존재 의미를 잃게 된다. 어쩌면 우리는 무한의 세계, 즉 0의 세계에서 여행을 떠나 잠시 1, 2, 3의 세계에 접속해 있는지도 모르겠다. 그러나 유한의 세계는 마침내 종말을 맞게 되고 영원한, 본향 무한의 세계로 돌아가게 될 것이다.

빛과 소금

"내가 곧 길이요 진리요 생명이니 나로 말미암지 않고는 아버지께로 올 자가 없느니라."[15]

"너희는 세상의 소금이니 소금이 만일 그 맛을 잃으면 무엇으로 짜게 하리요 후에는 아무 쓸 데 없어 다만 밖에 버려져 사람에게 밟힐 뿐이니라. 너희는 세상의 빛이라 산 위에 있는 동네가 숨겨지지 못할 것이요, 사람이 등불을 켜서 말 아래에 두지 아니하고 등경 위에 두나니 이러므로 집 안 모든 사람에게 비치느니라."[16]

사람의 감각은 쇠퇴하고 머리만 지나치게 비대해져 현재는 바라보지 못하고 다만 과거에 대한 후회와 미래에 향한 염려로 살아가고 있다. 사람은 언젠가는 죽는다. 그러나 지금 나는 살아

15 대한성서공회, 『개역개정 성경』, 요한 14:16
16 대한성서공회, 『개역개정 성경』, 마태 5:13~15

있고 생명이다. 그 생명을 느끼지 못하고 언제 닥칠지 모르는 죽음만을 걱정하며 사는 것은 생명에 대한 모독이다. 사람은 매 순간 살려지고 있음을 느껴야지 있지도 않은 미래에 죽을 것을 고민할 필요는 없다.

사람이 자기가 가는 길을 망각하고 다른 사람의 길만을 바라보며 나는 저것이 되지 못하여 불행하고 저렇게 되어야만 한다고 고집하는 것은 자기 자신을 부정하는 일이다.

예수는 우리에게 빛과 소금이 되라고 말하지 않았다. 다만 우리들 자신이 소금이요 빛인 것을 깨달으라고 한 것이다. 우리는 각자 다른 맛을 가지고 있다. 그런데 그 맛을 버리고 욕망이 추구하는 그 맛을 내려고 한다면그것은 대부분 물질적 욕망과 명예를 쌓고자 하는 욕망, 권력을 쟁취하고자 하는 욕망이 되겠지만 이미 쓸 데 없어 다만 밖에 버려져 사람에게 밟힐 뿐이다. 우리는 각자 나름의 빛을 발산하고 있다. 별들이 각자 다른 빛을 내 뿜으면서 밤하늘을 수놓듯이 우리는 각자 고유한 빛으로 이 세상을 장식할 수 있다. 모두가 한 가지 빛만을 발산한다면 세상은 얼마나 밋밋할까?

그러므로 우리는 자기 자신 안에 있는 빛을, 맛을, 진리를 발견하기 위해 하루하루를 살아가야만 한다. 그것은 소위 말하는 성공하기 위해서가 아니라 그래야만 하기 때문인 것이다.

여행 2

여행은 업무상 출장과는 달리 목적지에 도착하는 것이 목표는 아니다. 여행은 그것을 계획하는 것에서부터 시작된다. 무엇을 타고 어디로 가며 어디에서 묵을 것인지 등등을 고민하면서 기대감에 부풀어 오른다. 집을 떠나 첫발을 내딛는 순간 여행자는 무언지 모를 흥분에 가득 차게 된다. 그렇게 해서 이곳저곳 기웃거리며 유랑을 하다가 결국 최종의 목적지에 – 통상 이곳은 거리상으로 집과 가장 멀리 떨어진 곳이 되겠지만 – 도착하게 되면 여행의 반이 지나갔다는 서운함과 이제 남은 반을 지내고 나면 편한 안식처인 집으로 돌아 갈 수 있다는 안도감을 동시에 느낀다. 그리고 어찌어찌해서 집으로 돌아오면 여행 동안 쌓였던 묵은 피로감을 털어내고 동시에 그 여운을 음미하며 편안한 휴식을 취할 수 있게 된다. 뭐니 뭐니 해도 내 집이 최고다.

보통의 여행은 목적지 없이 떠나는 방랑과는 달리 일정한 계획을 가지고 떠나기 마련이다. 그렇다고 해서 그 계획표가, 즉 목적지가 여행 그 자체라고는 할 수 없다.

삶은 또한 나그네 길이라고 한다. 그것도 긴 안목에서 하나의 여행인 것이다. 생명의 어머니인 땅에서 나와서 다시 어머니의 품속으로 되돌아가는 기가 막힌 여행이다. 인생 여행 중에는 막연한 방랑을 하는 사람도 있지만 대부분은 일정한 목표를 가진 여행을 한다. 그러나 방랑은 불필요한 여행이고 목표를 가진 여행이 좋은 여행은 아니듯이 목표가 없는 삶을 나쁜 것이라고 단정 지을 수는 없다.

여행은 목적지에 도착하는 것에 그 의미가 있는 것이 아닌 것처럼 삶 또한 어떤 업적이나 지위, 부와 명예를 성취하는 것이 목표가 될 수 없다. 우리가 어디를 향해 간다고 했을 때 그 목적지는 우리를 이끄는 유혹하는 힘이 될 수는 있지만 길을 걷는 행위, 즉 여행 자체는 될 수 없기 때문이다.

그렇기 때문에 도는 발견하기 힘든 것이다. 도道는 길이고 그것은 내가 걷는 여정 속에 같이 한다. 그것은 어딘가에 존재할 것 같은 파라다이스가 아니다. 그것은 내가 걷는 것처럼 늘 움직이고 그렇기 때문에 유동적이다. 찾았다고 생각했으나 이미 그 자리에 없고 잡았다고 확신했으나 손아귀에서 빠져나가는 그런 존재이다. 실상 도道는 찾으려 할 때 더욱 보이지 않으며 아무 생각 없을 때, 즉 무념무상無念無想일 때 도리어 내 앞에 나타난다.

도道는 세상을 조율하는 하나의 음이다. 세상은 여러 가지음으로 가득 차 있다. 그렇기 때문에 시끄럽고 혼란스럽다. 지휘자가 오케스트라의 여러 악기들이 내는 소리를 조율하는 것처럼 깨달은 자만이 세상에서 나오는 온갖 불협화음을 조율할 수 있다. 그 음은 특정한 하나가 아니고 때와 장소에 따라 달라진다.

이해력

포용력의 한계는 분노와 증오로 나타나지만 포용력이 충만했을 때는 배려와 희생으로 승화된다. 포용력이란 무엇인가? 자칫 포용력을 타인을 자기 안에 가두는 수단으로 사용하기 쉽다. 우리는 사랑이라는 미명하에 상대방을 내 안에 가두는 짓을 많이도 해 왔다. 하지만 포용이란 상대방을 내 입맛대로 맞추는 것이 아니라 있는 그대로를 인정하는 것에서부터 시작된다. 포용의 사전적 정의는 아량 있고 너그럽게 감싸 받아들임 이라고 하였다. 즉, 그의 어떤 점을 고치려고 하기 보다는 그가 처한 위치를 생각하고 이해함으로써 그를 있는 그대로 받아들이는 행위인 것이다.

상대방을 포용하려면 먼저 그에 대한 이해가 선행되어야 한다. 이해하지 못하면 포용할 수 없다. 그것은 포용이라기보다 방치에 가깝다. 아이가 이상한 행동을 했을 때 대처하는 방법은 크게 세 가지가 있다. 첫 번째 내 생각대로 훈육한다. 혼을 내거나 어르고 달래서 내가 생각하는 모습대로 행동하게 고친다. 두 번째는 관심을 끄고 상관하지 않는다. 아이의 입장에서 부모가 아무런 대응을 하지 않으면 아무 소득이 없다. 그러니 더 이상 떼를 쓰지 않게 된다. 세 번째 아이의 욕구가 무엇인지, 부모의 입장이 아닌 그의 입장에서 무엇이 필요한지 살펴보고 그 해결책을 강구한다. 그의 입장이 된다는 것은 그의 처지를 이해하는 것을 의미한다.

그런 면에서 포용성은 이해력과 같고 사랑의 표현이라고 할 수 있다. 연인간의 사랑이나 부자간의 사랑, 사제 간의 사랑 그 어떤 것이든 사랑하는 사이에 이해 못할 일이 없고 희생하지 못할 것이 없다.

그렇다면 사랑이란 무엇인가?

> "사랑은 오래 참고 사랑은 온유하며 시기하지 아니하며 사랑은 자랑하지 아니하며 교만하지 아니하며 무례히 행하지 아니하며 자기의 유익을 구하지 아니하며 성내지 아니하며 악한 것을 생각하지 아니하며 불의를 기뻐하지 아니하며 진리와 함께 기뻐하고 모든 것을 참으며 모든 것을 믿으며 모든 것을 바라며 모든 것을 견디느니라. 사랑은 언제까지나 떨어지지 아니하되 예언도 폐하고 방언도 그치고 지식도 폐하리라." 대한성서공회, 『개역개정 성경』, 고린도전

서 13:4~8

이것은 사랑의 모든 것을 말해준다. 배려와 희생, 분노와 증오의 소멸을 의미하는 것이다.

학교에서는 학생의 이해 수준을 체크하기 위해서 시험을 본다. 그런데 학생들은 시험 그 자체에 몰두한 나머지 이해하지도 못한 문제를 풀어내기 위하여 무작정 외워버린다. 이해는 지식이라는 결과물을 낳는다. 마찬가지로 암기도 아는 것처럼 착각하게 만든다. 그러나 실제로는 아는 것이 아닌 헛똑똑이를 만드는 것이다.

학교 교육의 목표는 이해력을 신장시키는데 있는 것이지 단순 지식만 머리에 가득 채운 괴물을 양성하는 것은 아니다. 학교에서 배우는 지식들은 사회에 나와서 쓸모가 없는 거의 죽은 지식이나 다름없다. 그럼에도 불구하고 우리가 그것을 가지고 훈련하는 것은 미래의 것은 볼 수 없고 과거의 것들만 손에 쥐고 있기 때문이다. 이해력이란 과거의 것이든 미래의 것이든 그 재료가 중요한 것이 아니다. 이해력은 이 모든 지식들을 연결시키는 능력이다. 암기는 이해되지 않는 것을 이해하기 위해서 쌓는 하나의 과정이어야 한다. 이렇듯 이해되지 않는 것들을 가지고 끊임없이 고민하여 그것을 풀어낼 때 비로소 이해력은 성장하는 것이다.

마찬가지로 배려와 희생은 포용성의 표현이지 그것 자체가 목적은 아니다. 그러므로 배려와 희생은 강압적인 방식으로 훈련되어서는 안 된다. 포장된 배려는 자기 자신의 포용성의 왜곡, 즉 영혼의 크기, 정체성에 관한 왜곡을 일으키며 결국 스스로를 깨닫지 못하게 하는 걸림돌이 된다.

우리는 누군가에게 잘 보이기 위해서 이 세상에 오지는 않았다. 내가 나로 태어나기 위해서 얼마나 심한 경쟁을 치러야 했던가? 지금 여기에 있기까지 나는 얼마나 많은 고난과 역경을 견디었는가? '인생을 너 자신의 것으로 살라.'는 말은 자기가 하고자 하는 것을 다 하면서 그렇게 허랑방탕하게 살라는 말은 아닐 것이다. 타인에게 잘 보이기 위해서 혹은 명예를 높이기 위해서 그 어떤 목표든 그것을 이룩하기 위해서 살지는 말라는 것이다. 목표가 성취되면 허탈함만 남는다. 눈앞에 목표가 전부인 것 같지만 그것은 전체의 일부에 지나지 않는다. 세계를 다 정복한다 하더라도 종국에 가서는 허망한 죽음만 남을 뿐이다. 삶은 영혼이 있기 때문에 지속 가능하며 그것을 발견하기 위해서 존재한다.

나의 삶은 나 자신을 위하여 존재하며 그것은 다른 사람이 아닌 나를 깨닫게 하기 위한 도구이다. 내가 삶을 이렇게도 바꿔보고 저렇게도 바꿔보려고 하는 노력들은 자기 자신에 만족하지 못한 나머지 다른 사람의 삶을 살려고 하는 것과 같다. 그러나 내가 가진 것에 만족하라는 말은 운명론자의 자포자기가 아니다. 오히려 불편한 자기 삶을 더욱 더 철저히 조망함으로써 그 속에 내재된 진정한 자아, 전일적인 하나, 궁극적으로 무한한 영혼을 발견하라는 것이다.

'나는 누구인가?' 진정한 자아를 발견하는 것은 내가 이 세상에 존재하는 유일한 이유이다. 그것을 발견하는 순간 죽어도 죽은 것이 아니다. 혹은 그것을 발견하지 못했다면 살아도 산 것이 아닐 것이다.

포용

영혼의 크기는 그 사람의 포용성의 크기와 같다. 영혼은 바람과 같아서 어디서 와서 어디로 가는지 모른다. 그것은 또한 구름과도 같다. 푸른 하늘에 한 조각 구름은 언제 흩어질지 몰라 위태롭게만 보인다. 그러나 어떤 구름들은 옆에 떠다니는 구름과 합쳐져 더 큰 구름이 된다. 나와 너를 구분하기 시작하면 자꾸 작아져서 아주 작은 알갱이로 그리고 급기야 형체를 알아볼 수 없는 지경에 이르고 말 것이다. 우리는 무한자에서 떨어져 나오는 순간 유한자가 되고 만다. 그러므로 무한자의 일원으로서 자긍심을 가지고 그에 합당한 일을 하며 된다.

포용성이라고 하면 되도록 많은 사람을 알고 인맥을 넓히는 것을 떠올릴지도 모른다. 그러나 자기 이익에 근거하여 사람들을 모은다면 그들도 또한 자기 이익에 근거하여 모이기 때문에 단순한 이합집산에 지나지 않는 것이 된다. 오히려 포용력이란 자기가 손해 보는 일에 대해서도 상대방의 입장에서 생각해 보려고 하는 노력을 통해서 진정으로 그의 처지를 이해하고 그의 입장에 설 수 있을 때 발휘된다.

사람은 모두가 자신에게 이익이 되는 행위를 하는 사람을 좋아하고 자신을 해치는 사람을 미워하기 마련이다. 따지고 보면 저 사람이 미운 이유는 그 사람의 어떤 결함이나 잘못에 있는 것이 아니라 나의 욕구에 부응하지 못한다는데 있는 것이다. 나도 또한 나에게 이익이 되는 사람을 좋아하고 손해가 되는 사람을 미워하는데 상대방이라고 해서 어찌 자기의 이익을 포기하고 나의 이익에 동조해야 한다고 주장할 수 있겠는가? 자기 욕망이 크다면 다시 말하면 내 마음에 드는 조건이 많아지는 것이기 때문에 미운 사람이 늘어날 수밖에 없다. 그러므로 욕구가 작으면 작을수록 포용력은 커지고 반대로 그 욕망이 커지면 커질수록 그것은 작아지게 된다.

자기의 상태를 지켜봄으로써 자신의 포용력을 실험해 볼 수 있다. 즉 내가 어떤 일에 짜증이 나거나 화가 나고 누군가가 싫어진다면 그 지점이 바로 자기 포용력의 한계인 것이다. 그렇다고 해서 포용력을 크게 보이려는 의도로 화를 억누른다면 그것은 도리어 울화병으로 터질지도 모른다. 다만 그것은 시험대이고 그것 자체가 자기 자신은 아니다.

학교에서 시험으로서 학생들의 자질을 판단하는데 그것은 전적으로 옳은 것도 아니고 옳지 않은 것도 아니다. 시험이란 학생의 이해 수준을 판단하는 근거가 되지만 그 지점이 학생의 절대적 가치는 아니기 때문이다. 시험은 현재 상태를 점검함으로써 어디서부터 시작해야 하는지 알려주는 척도가 된다. 그곳이 종착지라면 더 이상의 발전은 기대하기 힘든 것이 된다.

마찬가지로 인생에 있어서 시험무대는 언제나 존재한다. 흔히 역경이라고 말하는 그 시간들은 내 인생 공부가 어디까지 왔는지 가늠해 볼 수 있는 좋은 기회인 것이다.

포용성은 타인을 내 입장이 아닌 그의 입장에서 바라볼 수 있는 능력이라고 할 수 있다. '대접 받고 싶은 대로 대접 하라'는 황금률은 포용성을 정확히 설명해 준다. 나는 어떤 대접을 받고자 하는가? 사람은 누구나 이해받고 싶어 하고 존중받고 싶어 한다. 아무리 가진 것이 없다고 하더라도 인간으로서의 존엄성은 지니고 있다. 흔히 그것을 자존심이라고 한다. 아무리 혹독하게 다그친다고 하더라도 그의 자존심만은 건드리지 않는 것이 좋다. 그렇게 하면 그는 물 불 가리지 않고 복수의 칼날을 갈 것이기 때문이다.

포용성을 기를 수 있는 유일한 방법은 자기 생각이 아닌 다른 사람의 생각을 따라 해보는 이해력 훈련밖에 없다. 그것은 직접적인 경험이 될 수도 있고 간접적인 독서가 될 수도 있다. 그러나 여기서 중요한 것은 어떤 훈련이든 상대방을 자기화 하지 않고 나를 객관화 하려는 노력이 필요하다는 점이다.

자기중심적 독서는 이해심을 넓히기 보다는 이기심을 키운다. 아는 만큼 보인다고 한다. 확실히 많이 아는 사람이 많은 이익을 차지할 수 있다. 정보가 생명이다. 알아야 그것을 쟁취할 수 있다. 그러나 우리의 목표는 영혼의 성장을 위한 포용성이고, 그것은 욕망의 소멸을 의미한다면 이런 지식의 탐닉은 인생의 목표를 거스르는 샘이 된다.

무無-유有-무無

인간은 궁극적으로 無무의 세계에서 나와서 有유의 세계를 경유한 뒤 無무의 세계로 되돌아간다. 그러나 타락한 인간은 有유의 세계를 너무나 탐닉한 나머지 자기의 본향인 無무의 세계로의 복귀를 거부한 채 有유의 세계에 무한히 남고자 하는 욕망을 드러낸다. 하지만 이것은 헛된 바람일 뿐 절대 실현 될 수 없는 신기루일 따름이다.

관건은 우리가 어떻게 무한의 세계에 접속할 수 있는가 하는 점이다. 사람은 끊임없이 나와 너를, 내 것과 내 것 아닌 것을 구분해 왔다. 내 것이 많아지면 행복해지고 내 것이 줄어들면 불행해진다. 인간은 처음 나왔던 본향, 즉 무한의 세계를 동경하므로 자기가 무한히 커지고 무한히 넓어지기를 희망한다. 그러나 그것은 '나'라고 하는 테두리가 있는 한 무한이 될 수 없는 한계를 지니고 있다. 내가 없다면 이 세상은 무슨 의미가 있을까? 나라고 하는 자존감 때문에 우리는 궁극적 실체인 무한자인 '나'를 발견할 수 없다.

한 알의 밀알이 땅에 떨어져 죽지 않으면 한 알 그대로 있지만 그것이 죽으면 많은 열매를 맺는다는 성경 말씀처럼 내가 없어져야 곧 더 많은 '나'들을 만들어 낼 수 있다. 그러나 이것은 무한자로서의 '나'를 설명하기에 약간 부족한 면이 없지 않다. 오히려 '나'는 찻잎 한 장이라고 표현하는 편이 낫겠다. 찻잎은 뜨거운 물속에 들어가 녹아서 그 물 전체를 차로 만들어 버린다. 그것을 희생이라고도 하고 포용이라고도 한다. 그래서 자기가 속한 그 집단 전체를 자기화 하는 것이다. 아이러니컬하게도 내가 없어져야 나를 만들어내는 것이다.

문제는 포괄성이다. 영의 세계를 뭐라고 표현할 수 있을까? 성경에 저 유명한 니고데모와의 대화에서 성령을 이렇게 표현하고 있다.

> "니고데모가 이르되 사람이 늙으면 어떻게 날 수 있사옵나이까? 두 번째 모태에 들어갔다가 날 수 있사옵나이까? 예수께서 대답하시되 진실로 진실로 네게 이르노니 사람이 물과 성령으로 나지 아니하면 하나님의 나라에 들어갈 수 없느니라. 육으로 난 것은 육이요 영으로 난 것은 영이니 내가 네게 거듭나야 하겠다 하는 말을 놀랍게 여기지 말라. 바람이 임의로 불매 네가 그 소리는 들어도 어디서

와서 어디로 가는지 알지 못하나니 성령으로 난 사람도 다 그러하니라."[17]

영은 공기와 같아서 그 형체를 구분할 수가 없는 것이다. 우리가 귀신을 흐물흐물한 존재로 표현하는 것은 일면 타당성을 가진다.

인간의 몸은 60조개의 세포로 구성되어 있다고 한다. 각각의 세포들은 나를 이루는 분신들이다. 그것들 중 어느 것 하나 필요 없는 것은 없다. 만약 그들 각각이 나는 네가 아니야 하면서 독립을 선언한다면 결국 나라는 존재는 파괴되고 더 이상 존재할 수 없게 될 것이다. 그들은 '나'이면서 '나'라는 자의식이 없고 '나'를 위해서 희생한다.

최초의 물음으로 다시 되돌아가 보자. 유한자인 나는 무한자인 '나'에게 어떻게 접속할 수 있는가? 그것은 자기 자신을 부정함으로써만 가능하다. 성 프란시스는 최초 깨달음의 길에 나설 때 그의 아버지로부터 받은 모든 것을 버리는 것에서부터 시작했다. 그리고 깨달음에 목말라 했을 때 무엇인가 자기의 길을 방해하는 것이 있다는 것을 감지했다. 그러나 그것이 정확히 무

17 대한성서공회, 『개역개정 성경』, 요한 3:4~8

엇인지 몰라서 답답해하고 있는 그 찰라, 목마름에 주전자 물을 따르던 그 순간, 다른 모든 것은 버렸으되 그 주전자만큼은 너무나 사랑했고 그것에 애착을 느끼고 있음을 발견했다. 그리고 그 사랑해 마지않던 주전자를 창밖으로 내 던짐으로써 결국 자유함을 얻었다고 한다.

하지만 사람인지라 아무리 자기 소유를 버리고 없애고 한다고 하더라도 인간으로서 생존하기 위하여 최소한의 것들이 필요하다. 완전한 무소유는 이 세상에서는 이룩할 수 없고 다만 죽음으로써만 완성될 수 있다.

소유란 다만 물질적인 것만을 의미하지는 않는다. 정신적인 것들 까지도 포함한다. 그러므로 내가 무소유가 되어야겠다는 그 소유마저도 없는 상태, 진정한 진공의 상태에 머물기 위해서는 자기 자신의 삶을 있는 그대로 받아들이는 수밖에 없다. 나는 내 삶을 소유하지 않음으로써 나로부터 자유할 수 있다. 내가 무엇을 소유해 나가고 있다면 '내가 이렇게 소유가 많아져 가고 있구나.'하고 또한 무엇을 잃고 있다면 '내가 잃어가고 있구나.'하고 바라보면 된다. 그 모든 육체적 행위들은 진정한 '나'인 영, 무한자, 바람, 그 무엇이든 완벽하게 표현할 수 없는 '나'를 깨닫게 하는 가르침이다.

그러므로 우리는 지구상에서 일어나는 그 모든 일들을 거부할 필요가 없다. 또 만약 누군가 그것을 거부하고 싶은 마음이 든다면 그것을 애써 부정하려고 할 필요도 없다. 그것은 有유의 '나'에서 無무의 '나'로 나아가는 하나의 과정이며 그 행위 자체가 하나의 목표는 아니기 때문이다.

질문

선생은 가르치는 자이고 그것은 모범을 통해서 전달된다. 선생은 말 그대로 먼저 난 자이다. 학생에게 보여주고 학생은 그것을 따라한다. 이해되지 않는 것을 스스로 알아가는 과정이란 확실히 고달픈 일이다. 그렇기 때문에 관심과 격려가 필요하다. 선생의 첫 번째 정의가 '모범을 보이는 사람'이라면 두 번째 정의는 '격려하는 사람'이라고 할 수 있다. 격려는 칭찬과 다르다.

선생은 학생으로 하여금 이해되지 않는 문제에 대해서 지속적인 호기심을 불러일으킬 수 있어야 한다. 호기심은 어떤 대상에 대해서 지속적인 관찰을 유발하는 진정한 배움의 씨앗이다. 그리고 호기심의 자극은 대답이 아닌 질문에서 시작된다. 학생이 어떤 물음에 대해 정답을 들었다면 호기심의 불길은 사그라들고 그것은 관심의 영역에서 벗어날 것이다. 진정 아이들의 사고력을 저해하는 것은 모름이 아니라 지나친 앎이다.

오늘날 우리 사회는 아이들에게 과도한 지식을 주입하고 있다. 이 지식에 대한 잘못된 집착은 마치 음식이 아닌 약으로 영양을 섭취하려는 것과 같다. 쉽게 받아버릇한 아이들은 음식의 맛을 잃어버리고 소화기능은 쇠약해 졌다. 공급자가 없으면 어떤 것도 소화해 내지 못하는 지경이 되었다. 다시 말해 선생이 없으면 배울 수 없는 수동적인 인간이 되는 것이다.

학생들이 진정으로 배울 수 있는 사람이 되기를 희망한다면 정제된 지식이 아닌 가능하면 거친 상태의 물음을 던져야 한다. 거친 음식에 익숙한 사람은 부드러운 음식이 싱겁다. 그렇기 때문에 미지의 세계에 대한 탐구는 끊임없이 자극 받는다.

선생은 정답을 제시하는 자가 아닌 질문하는 자이다. 질문은 학생들로 하여금 생각하게 하고 그것은 스스로 알아냈다는 자부심을 갖게 한다. 질문의 목적은 정답을 찾는 것에만 있는 것은 아니다. 질문을 해결해가는 바람직한 자세는 그 절차가 정확했느냐에 관심을 기울이는 것이다. 어린 아이일수록 논리의 비약이 심하다. 이것은 지식의 오류로서 지적받기 보다는 과정의 실수로 교정 받아야 한다. 그 과정 또한 어떤 것이 잘못되었는지 스스로 발견하도록 도와야 한다는데 선생으로서의 괴로움이 있다. 무엇이 잘못된 지식이고 어떤 것이 잘못된 과정인지 직접적으로 지적하는 것은 그다지 어려운 일은 아니다. 그러나 그런 행위들은 모두 학생으로 하여금 스스로 자기 자신을 되돌아 볼 수 없게 만듦으로써 자기 발전을 저해하게 된다.

질문하는 선생을 보고 아이들은 질문하는 법을 배운다. 유태인 교육의 핵심이 질문하는 것에 있다고 보면 우리 교육의 문제점이 확연히 드러난다. 우리는 질문은 무시하고 정답을 강요한다. 생각하는 힘이 약한 한국 교육의 문제는 학생들에 있는 것이 아니고 정답만을 강요하는 부모와 선생에게 있다.

취업이 대학 교육의 목적인가?

대학을 선전하는 문구를 보면 취업이 제일 눈에 띈다. 취업률 00%는 대학을 서열화 하는 중요한 척도가 되고 있다. 강의실에서는 교수님들조차도 어디에 취직할 목적으로 공부하는지 친절하게 체크해 주신다. 취업 공부를 위해서라면 수업에 빠지는 것도 묵인해 주기도 한다.

많은 학생들은 신분 상승의 기회를 얻기 위해 대학에 진학한다. 대학이 흔해빠진 현대에는 이것도 시절 좋은 옛날이야기가 되어버리고 말았지만 그나마도 가장 믿을만한 곳이 대학뿐인지라 다른 대안을 찾기도 힘들다.

그러나 대학이란 모름지기 학문을 하는 곳이다. 전국 대학생에게 학문을 한자로 어떻게 쓰는지 물어 본 설문이 있다. 그중 80%가 넘는 학생은 학문學文으로 알고 있었다. 그러나 본래 학문은 學問이라고 쓴다. 학문이란 문헌을 배우는 것이것은 다분히 암기가 되겠지만이 아니라 묻는 것을 배우는 것이다. 어떤 것을 보고 질문하지 않는다면 참다운 학문을 한다고 볼 수 없다.

2010년 우리나라에서 G20 정상회담을 마치면서 오바마 미국 대통령은 폐회사에서 G20 정상회담을 훌륭하게 준비해준 대한민국 국민에게 보답하는 의미로 한국 기자들에게 제일 먼저 질문할 기회를 선물로 주었다. 그러나 결과는 참혹했다. 폐회식에 참석한 기자들 중 절반 정도를 차지했던 한국 기자들은 그야말로 꿀 먹은 벙어리가 되어 아무 말도 하지 못했다. 정적이 흐르고 참다못한 중국 기자가 손을 들고 일어나 자기는 한국 기자는 아니지만 아시아를 대표해서 질문해도 되겠느냐고 나섰다. 그러나 오바마 대통령은 물러서지 않고 한국 기자들에게 다시 한 번 기회를 주었다. 그럼에도 단 한명의 기자도 손을 들지 못했고 결국 그 중국 기자가 한국을 대표해서? 질문을 하게 되었다.

지성 그룹이라고 자부하는 기자들이 이정도 수준이라면 나머지는 말해야 부질없는 짓일 것이다. 이것은 그 자리에 참석한 기자들의 잘못만은 아니다. 우리의 교육 시스템은 어떻게든 앞에서 말하는 것을 잘 받아 적고, 잘 외워서 시험에 통과하는 것에 목표를 둔다. 그리고 그 최종 목적지는 취업이다.

아는 것보다 좋아하는 것이 낫고 좋아하는 것보단 즐기는 것이 낫다. 知之者, 不如好之者. 好之者, 不如樂之者 즐기지 못한다면 획기적인 발전이란 기대하기 힘들다. 어떤 사람이 즐기는 사람인가? 호기심이 발동하면 하지 말라고 해도 끝까지 하고 만다. 오히려 말리는 것이 부추기는 것보다 더 강한 호기심을 조장한다. 호기심이 충만한 사람은 그것에 몰입하게 되고 몰입한 사람은 그것과 하나가 된다. 이때 드는 느낌이 즐거움일 것이다.

지식중심 교육은 질문의 씨앗인 호기심을 짓밟은 역할을 한다. 무엇인가를 안다는 것은 그것에 대해 식상함을 느끼게 하고 지루해 지고 결국 관심의 영역에서 멀어지게 한다. 어설프게 알게 하기 보다는 모른 채로 두어서 언젠가 피어날 그 씨앗을 보존하는 편이 더 낫다.

대학교육뿐만 아니라 한국 교육 전체는 지나치게 지식 중심적이다. 그와 비례해서 암기 중심적이다. 관심의 영역에서 모르는 것이 있다면 그것을 이해하기 위해서 노력한다. 호기심은 이해하려는 노력에 비례해서 커지고 그 결과 질문은 생성되는 것이다. 대학은 학생이 관심도 없는 것에 대해서 무작정 지식을 주입하려고 하기 보다는 어떤 영역에 대해서가령 영문학과라면 문학에 대해서 호기심을 자극함으로써 그것을 스스로 탐구해 나가고자 하는 의지를 불러 일으켜야 할 것이다.

사람은 생각하는 동물이다. 파스칼은 '인간은 자연 가운데서 가장 약한 하나의 갈대에 불과하다. 그러나 그것은 생각하는 갈대이다.'라고 말했다. 사람의 기본 특질은 직립보행이나 그로 인해 가능해진 도구의 사용 등의 어떤 외형적인 것이기 보다는 내면적인 생각에 있다.

우리는 생각을 통해서 다양한 방면에 접속할 수 있다. 생활에 편리한 발명품들을 제작할 수 있고 시나 소설을 쓸 수 있으며 아름다운 사회를 건설할 수도 있다.

그러나 생각의 극치는 어떤 것을 성취하는 것이 아니라 자아를 발견하는데 있다. 빈부귀천을 막론하고 모든 사람에게는 각자 각자에게 주어진 삶의 의미가 있고 그것을 발견해야할 의무가 있다. 알렉산더 대왕이 거지꼴을 하고 있는 디오게네스를 부러워하듯 각 개인의 관점에서 본다면 위대한 사람이라고 하여 더 큰 삶의 의미를 갖는 것도 아니고 거지라고 하여 더 작은 의미를 갖는 것도 아니다. 오히려 자기 자신을 발견하기 위해서는 커지고 위대해지고 유명해지기 보다는 더 작아지고 사람들로부터 소외되며 스스로에게 집중할 수 있도록 외부의 관심을 차단해야 한다. 그렇다고 해서 알렉산더 대왕의 삶은 무의미한 것이라고 단정 지을 수 없다.

주연이든 조연이든 모든 배우가 연극의 요소가 되듯 모든 행위들은 생각의 재료가 된다. 우리 주변에서 일어나는 일들은 그것 자체에서 생성되는 어떤 느낌들이 있다. 생각은 고정불변의 것이 아니다. 늘 움직이고 상황에 따라 달라진다. 경제적으로 어려운 환경에서는 작은 편안함이 큰 위로가 되는 반면 풍족한 생활에서는 아무리 편하다 하더라도 도리어 불평거리가 된다.

사람은 동물적으로 편안함을 추구하고 불편함을 지양한다. 그러나 만족한 삶이란 인간의 욕구만큼이나 거대해서 그 누구도 채울 수 없는 고무풍선과 같다. 그럼에도 불구하고 인간의 관심사는 오로지 그 삶의 편리함에 쏠려있다.

사람을 유혹하는 메커니즘은 이렇다. 사람이 편안하기 위해서는 돈이 필요하고, 돈을 벌기 위해서는 좋은 직장을 가져야 한다. 좋은 직장을 구하기 위해서는 공부를 열심히 해야 하고, 공부를 위해서는 무엇이든 희생되어야 마땅하다. 그것이 인생에 단 한번밖에 주어지지 않는 청춘이라고 할지라도. 이 얼마나 서글픈 현실인가? 우리는 마치 생각하지 않는 개, 돼지가 되어있는 듯 한 인상을 받는다.

학교에서 그렇게 강조하는 공부는 무엇인가? 그것은 다만 자본주의 사회에서 외치는 그런 종류의 성공을 위한 도구는 아닐 것이다. 공부의 진정한 목적은 좋은 직업을 갖는데 있는 것이 아니라 자기 자신을 찾는데 있다.

그렇다고 해서 직업이나 취미를 포함한 생활이 불필요하다는 것은 아니다. 그 모든 삶의 행위들은 자아를 찾아가는 도구가 된다. 그러므로 교육은 무엇을 할 것인가가 아니라 어떻게 바라볼 것인가에 초점을 맞춰야 한다.

그러나 우리들의 행동은 정 반대로 되어있다. 좋은 직업이 먼저이고 생각은 나중 일이 되어버린다. 직업이 없다면 삶이 궁핍해지고 그러면 생각 따위는 허례허식에 불과할 뿐이라고 주장한다. 인간은 불편할 때 생각하고 자기가 만족할 만큼 편안해지면 그 생각을 접어둔다. 생각이라는 측면에서 본다면 불편함에 처하는 편이 훨씬 낫다.

우리는 좋은 직업을 갖기 위해 생각을 사용하지만 도리어 직업을 통해 생각을 하도록 노력해야 한다. 직업은 경제적 수단일 뿐만 아니라 자아실현의 도구이다. 오히려 전자는 후자의 보조수단이 되어야 마땅하다.

생각이란 얼마나 힘겨운 작업인가? 세상에 존재하는 모든 일중에 가장 힘든 일이다. 제대로 생각에 몰두한 사람이라면 머리가 희어질 만큼의 고통을 감내한다. 대학의 교수들 혹은 한 나라의 대통령은 그 임기가 끝나고 나면 으레 허연 백발을 선보이게 된다.

자기 삶을 관조하는 생각 자체도 힘겨운 싸움인데 그 삶을 지탱하는, 즉 관찰의 대상이 되는 직업 또한 싫어하는 일이라면 얼마나 가혹한 처사인가? 직업은 절대로 돈을 벌기 위해서 선택할 만한 성질의 것이 아니다. 오히려 월급은 적어도 진정으로 자기가 좋아하고 즐길 수 있는 일이어야만 한다. 또한 그 직업이라는 특성상 돈이 목적이 되겠지만 의식적으로 그것을 위해서가 아니라 자기를 발견하기 위해서 이 일에 뛰어들었음을 자각해야만 한다. 그리고 그 모든 삶의 행위들을 통해서 나는 누구인지 발견해 낸다면 그보다 값진 성과는 없을 것이다.

대학이 큰 학문을 하는 곳이라고 한다면 가장 먼저 앞세워야 하는 것은 현실적이고 경제적인 문제가 아닌 정신적인 문제가 되어야 할 것이다.

공부

학생들은 수업이 빨리 끝나면 좋아한다. 제 시간을 맞추는 강사는 인기가 없다. 교실에 들어가면서 끝나기를 바라는데 무엇을 배울 수 있을까? 학생에게는 배움보다는 성적이 더욱 중요하다. 과정보다는 수료증이나 졸업장이 더 필요하다.

학생들이 학교에 다니는 이유는 각기 다르겠지만 한 가지 분명한 것은 배우기 위함은 아니라는 사실이다. 시험성적을 올리는 것으로 치자면 학원만한 학교가 없고 전문 기술을 익히는 데도 학원만한 학교는 없다. 그러고 보면 왠지 학교는 폼으로 다니는 것만 같다.

진정 학교에서 배움을 기대하지도 않는데 우리는 왜 그렇게 정성스럽게 학교에 다니는가? 선생들은 지각이나 결석을 하면 큰일이나 난 것처럼 호들갑을 떤다. 학교에 안다니면 어떨까? 졸업장이 우리 삶에서 그렇게 큰 비중을 차지하는가?

나는 오늘도 돈 들이고, 시간 들여서 대학원에 다녀왔다. 교수들은 자기 지식을 뽐내고 학생들은 지루한 눈으로 허공을 응시하고 있다. 강의실 안에는 생동감이 전혀 없다. 시험기간이나 다가와야 정신이 번쩍 든다. 그것은 지적 호기심 때문이 아니라 성적에 대한 긴장감 때문이다.

우리는 학교에 가면서 무엇을 기대하는가? 시대는 변했지만 대학의 교실은 그대로이다. 교실이 현대화되고 멀티미디어가 상용화 되었지만 가르치는 방식은 변하지 않았다. 교수는 말하고 학생은 듣는다. 학생들에게는 교수의 입에서 나오는 지식만이 효용이 있다. 그 분야에 대한 호기심은 전무하므로 더 이상 지식의 확장은 기대하기 힘들다. 학생들은 교수가 쳐 놓은 그물 안에서만 헤엄치는 양식장의 물고기들 같다.

우리는 자유롭게 정보의 바다를 서핑 할 수는 없는가? 우리 교육은 어린이를 교육시켜 성인으로 성장시키지 못하고 여전히 나이든 어린이로 남게 만든다. 대학을 졸업하고 대학원을 나와도 자기에게 필요한 지식을 스스로 찾아가지 못한다. 그런 의미에서 선생은 학생들을 불구자로 만들고 있다. 자기의 의지를 꺾고 선생의 지식에 복종하는 노예를 만드는 것이다.

이러한 교실에서 암기는 필수적이다. 어떤 과목이든지 성적을 올리기 위해서는 외워야만 한다. 이해하고 나면 기억되지만 이해하면서 생기는 의문점이나 거기에서 파생되는 새로운 생각들은 높은 점수를 획득하는데 걸림돌이 된다. 선생들은 자기 지식과 대립되는 생각을 용납하지 못한다.

학교에서 배움이 일어나려면 가르침의 주체가 선생이 아닌 학생이어야만 한다. 배우려는 욕구가 먼저 있고 난 후에 가르침이 있어야 한다. 배우는 사람이 전혀 관심도 없고 필요도 못 느끼는데 억지로 구겨 넣는다고 들어가지는 않는다. 그래도 꾸역꾸역 밀어 넣어도 얼마 되지 않아 다 뱉어 낸다. 시험이 끝나면 그동안 외웠던 것들을 한순간에 잊어버리는 것이다.

지적 호기심은 탐구심을 자극하고 지식들에 대한 연결고리를 찾아낸다. 교사로서 해야 할 일은 모든 학생에게 모든 지식을 균일하게 삽입하는 것이 아니라 학생 각자에게 맞는 지식들을 선별하고 그들 스스로가 찾아갈 수 있도록 길을 안내하는 것이다.

평생교육시대에 수업은 끝날 수 없다. 배움에 대한 갈증은 해소될 수 없다. 변화의 속도가 빠른 현대에는 더욱 그러하다. 신지식이라고 했던 것들이 금세 구식이 되어버리고 만다. 이런 변화에 적응하려면 매번 선생의 가르침을 기다릴 수는 없다. 그러기에는 시간이 너무 촉박하다. 현대 그리고 미래를 살아갈 수 있는 방법은 스스로 그 변화를 이해하고 헤쳐 나가는 것밖에 없다.

어린이는 방이 따뜻하면 창에 김이 어리듯 몸에 얼이 어리기 시작하는 때를 의미한다. 어른이란 얼이 큰 사람이고, 어르신은 얼이 커서 신이 된 사람이라고 한다.

공부는 무엇인가? 공工은 '만들다'는 뜻이고 부夫는 '어른'이라는 뜻이다. 즉 어른을 만드는 것을 공부라고 할 수 있다. 흔히 공부하면 책상에 앉아서 책을 읽고 쓰고 외우는 것을 상상하지만 그것만으로는 부족하다. 얼이 깨어서 그것이 가득한 사람이 되기 위해서는 삶 전체가 그것을 향해 있어야 한다.

나이를 많이 먹었다고 해서 어른이 되는 것은 아니다. 얼이 깨어나지 못한 사람은 나이가 들어도 어린이이고 나이가 적다고 하더라도 얼이 깨어난 사람은 어른이 되는 것이다.

학교는 어떤 기능을 숙달시키는 곳으로만 존재해서는 안 된다. 그것은 어른으로 키우는 것이 아니라 기계를 만드는 것이다. 그것마저도 이제는 컴퓨터가 대신하게 되어서 사람이 설 자리는 점점 좁아지고 있다.

얼을 배우고 익혀서 자기 자신의 참 주인이 누구인지 깨닫도록 하는 것, 이것만이 인간으로서 성취해야 하는 유일한 목적이다.

스트레칭

요가를 하다보면 유난히 자극을 많이 받는 부분이 생긴다. 다리를 스트레칭 할 때면 전기가 찌릿찌릿 오기도 하고 심지어는 너무 아파서 그 동작 자체를 포기하기도 한다. 이렇게 쉬고 있으면 왠지 모를 아쉬움이 불현 듯 솟아오른다. 운동을 하면서 생기는 이런 불편한 느낌들은 건강에 도움이 된다는 생각 때문에 그것을 거부하기 보다는 조금 더 유지하려고 하고 오히려 그러한 아픔들을 즐기기까지 하게 되는 것이다.

누군가 내 생각과 다른 말을 한다면 나는 정신에 자극을 받게 된다. 이런 말을 들을 때 내 감정은 불편해지며 어떻게 하면 이 순간을 빨리 벗어날 수 있을까 고민하게 만든다. 그 말들이 타당성을 갖지 않을 경우 그 상황으로부터 도피하는 것이 나을지도 모른다. 그러나 다만 내 상식과 맞지 않기 때문에 그것을 거부하는 것이라면 자신의 정신 건강을 위해서라도 되짚어 볼 필요가 있다.

일단 정신에 자극이 주어졌다는 것은 일상적으로 사용하지 않던 부분이 활성화 되었다는 것으로 판단해도 무방하다. 그것은 운동이 근육을 자극함으로써 얻어지는 단련과 동일하다. 이런 과정을 통해 우리는 건강을 유지할 수 있다.

정신의 건강은 권위에 찬 - 그리하여 누구도 반론을 제기할 수 없는 - 설교를 많이 듣거나 누구나 인정하고 받아들여야만 하는 책을 읽는데 있지 않고 '어 이거 좀 이상한데?'라고 생각되는 어떤 사상을 접할 때 비로소 증진되는 것이다. 사상이랄 것도 없는 내 생각과 다른 어떤 이론과 접하게 되었을 때 우리가 취해야 할 태도는 스트레칭을 할 때 펴지지 않는 다리를 조금 더 뻗으려고 안간힘을 쓰는 것처럼 그 이론 속으로 조금 더 나아가려고 노력하는 자세이다. 이러한 몸부림으로, 그 사상의 옳고 그름을 떠나서, 우리의 정신은 진일보하며 어제보다 조금 더 건강해 질 수 있을 것이다.

말

말은 그 사람의 표현이다. 어떤 말을 하고 있는지 잘 들어보면 그 사람의 생각을 알 수 있다. 그러나 그 말이라는 것, 말의 확장자인 글이라는 것이 그 사람의 모든 생각을 대변할 수는 없다. 그러므로 그 사람이 어떤 말을 했다고 해서 그것이 그 사람의 전부라고 판단할 수는 없다. 반대로 그 말이 그 사람이 아니라고도 또한 말할 수 없는 것이다. 말은 그 사람이기도 하지만 전부는 아니기 때문이다.

행동은 말보다 더 정확한 자기표현이다. 말을 믿지 말고 사람의 행동을 믿어야 한다. 흔히 생각이 곧 행위가 된다고 하지만 나는 그 말을 믿지 않는다. 행동이란 다분히 습관적이고 습관은 주위 환경과 유전의 영향을 받기 때문이다. 술에 취한 사람이 생각으로는 바르게 걷고 싶으나 결코 바르게 걸을 수 없는 것과 마찬가지이다.

습관은 익숙함에서 나온다. 익숙함은 경험들의 총합이고 그것은 찰나의 지식을 이긴다. 10대나 20대에 어떤 올바른 지식을 얻었다고 하더라도 - 나는 이 혈기 왕성한 질풍노도의 시기에 어떤 것이 진정으로 올바른 것인지 판단할 수 있는 능력을 갖추기 힘들다고 믿지는 않지만 - 그것이 행동으로 옮겨지기까지는 많은 훈련시간을 필요로 한다. 그러나 그 바른 정보가 내 몸에 장착되기를 기다리는 동안 어렸을 때부터 지녀온 습관은 더욱 자라서 그 바르다고 생각되는 신입을 이겨먹게 된다.

다이어트가 힘들고, 운동이 힘들고, 공부가 힘들고, 정의가 힘든 이유는 그것들을 해야겠다는 생각의 부재 때문이 아니라 몸의 편안함과 탐욕, 쾌락 등을 추구하는 태곳적부터 발동되어 온 습관의 힘 때문이다.

그러나 습관이 '나'이고, 생각이 내가 아니라고 말할 수는 없다. 그러므로 그 사람의 지금 행위가 그 사람이라고 말할 수는 없는 것이다. 그렇다고 해서 지금 하고 있는 그의 행위가 그 사람이 아니라고도 말할 수 없다.

우리가 사람들과 함께하는 시간은 한정이 있고 그 짧은 시간동안 그 사람을 판단한다는 것은 다소 무리가 있다. 지금 내가 본 그 모습만으로 그 사람 전체를 단정 지어 말할 수는 없는 것이다.

술을 먹고 무의식이 발동했을 때 혹은 평소와는 다른 어떤 특별한 사건이 발생했을 때 내가 예전에 생각했던 그 사람의 이

미지와는 다른 모습을 발견하게 된다. 그러한 경우 우리는 '이 사람에게 이런 면도 있었어?'하며 깜짝 놀라게 되는 것이다.

이것은 상대방을 볼 때에만 해당되는 것은 아니다. 사람들이 자신의 실수를 창피해 하고 그것으로 인해 심지어 죽고 싶은 심정이 드는 것은 지금 보여준 행위가 자신의 전체 모습인 것처럼 착각하게 될 것 같은 염려 때문이다. 일순간 어떤 잘못을 했을지라도 - 말실수나 그릇된 행동들이 - 그것은 자신의 전부가 아니며 그 외에도 좋은 점을 얼마든지 발견할 수 있으리라는 자신감을 가져야 한다. 반대로 내가 어떤 일을 훌륭히 잘해냈다 하더라도 우쭐하지 말고 그 외에도 부족한 부분이 많다는 점을 상기해야 한다.

나는 A라고 말했는데 상대방이 B라고 들었다면 나는 B라고 말한 것이다. 반대로 상대방이 A라고 말했는데 나는 B라고 들었다면 상대방은 A라고 말한 것이다. 이것은 정치인들처럼 거짓말을 밥 먹듯이 하는 대화를 가정하지는 않는다. 일반적인 진솔한 대화에만 해당한다.

대화는 듣거나 말할 때 모두 상대방의 상황을 고려하며 해야 한다는 대원칙이 있다. 내 상황이 아니라 상대방의 상황이다.

말이라는 것은 어떤 의도가 서로에게 전달될 때 의미가 있는 것이지 그냥 입 밖으로 뱉어 낸다고 해서 그 의무를 다 한 것은 아니다.

들을 준비가 되지 않았는데 하는 충고는 약이기보다는 독이 된다. 다수에게 하는 설교인 경우 그것을 들을 준비가 된 사람에게만 감동이 되는 것이지 듣는 사람 모두에게 해당되는 것은 아니다. 그래서 예수님은 항상 "들을 귀 있는 자는 들어라."라고 말하고 있다. 세상에 특별한 경우가 아니라면 귀가 없는 사람이 있을까? 귀면 귀이지 들을 귀는 무엇인가? 나는 실컷 A라고 말하고 있는데 상대방이 B라고 듣는다면 나는 얼마나 답답할까? 이런 마음가짐으로 상대방의 목소리에 귀를 기울인다면 그가 하는 말을 조금은 이해할 수도 있을 것이다.

사람은 각자 나름의 선입견을 가지고 있다. 그것을 가치관이라고도 하고, 각자의 관점이라고도 한다. 편견, 고집, 아집 등등 나쁜 의미로도 많이 쓰인다. 선입견은 한 순간 생긴 것이 아니고 살아오면서 많은 경험들을 통해 자연스럽게 습득된 것이다. 사람이라면 누구나 이 선입견에서 자유로울 수 없다. 사람은 세상 모든 것을 다 경험할 수 없고 일정한 부분에 갇혀 지낼 수밖에 없기 때문이다. 그야말로 우물 안의 개구리이다. 이 세상의 모든 지식을 다 섭렵했다 하더라도 그것은 지구라는 우물에 갇힌 사고다. 무한의 우주에서 더 많이 알면 알수록 모른다는 것을 더 깊이 느끼게 된다. 그렇기 때문에 소크라테스는 아무것도 모른다는 너 자신을 알라고 충고하지 않았나 싶다.

우리가 이러한 편협한 사고를 하지 않을 수 있는 유일한 방법은 내 생각이 옳지 않다는, 즉 틀릴 수 있고 그것이 전부가 아닌 일부라는 점을 항상 각성하는 것이다. 자기 생각에 사로잡혀 상대방의 말을 듣는 사람은 절대로 그 사람의 생각을 읽을 수 없다.

예를 들어 내가 '사과'라고 말하면 듣는 사람은 단일한 '사과'를 떠올리는 것이 아니다. 풋사과, 빨간 사과, 과즙이 많은 사과, 달콤한 사과, 심지어 잘못해서 용서를 비는 사과 등등 듣는 사람 각자 자기가 경험한 사과를 생각하게 된다. 이렇게 고정된 하나의 사물을 이야기해도 다양한 이미지를 떠올리는데 만약 '사랑'이라든지 '평화'같은 추상적인 단어를 말한다면 백이면 백 모두 다른 것을 상상하게 될 것이다.

화자는 청자의 입장을 고려하여 말해야 하고 청자는 화자의 상황에 입각하여 들어야 한다. 그러지 않고 자기만의 입장을 고집한다면 대화는 없고 말잔치만이 있을 따름이다.

그러나 자신의 가치관을 바꾸는 것은 그렇게 쉬운 일은 아니다. 가치관은 자기가 살아온 삶 전체를 의미하고 그것을 부정한다는 것은 자기 자신을 부정하는 것과 같은 것이기 때문이다. 예수께서 자신은 죽어야 하고 죽은 후 3일 만에 다시 살아날 것이라고 선언했을 때 베드로는 그것을 완강히 거부했다. 그의 생각에는 예수가 죽어서는 안 되었기 때문이다. 그러나 예수는 베드로에게 사탄아 물러가라 하시면서 이렇게 말씀하셨다.

> "누구든지 나를 따라오려거든 자기를 부인하고 자기 십자가를 지고 나를 따를 것이니라."[18]

'내 생각'은 나를 넘어뜨리는 걸림돌이 된다. '내 생각'에 사로잡혀 있을 때 객관적 상황은 눈에 띄지 않고 자기가 보고 싶은 것만 보이게 된다. 그리하여 모두가 망할 것으로 예견하는 그곳에 자신의 모든 것을 투자하게 되고, 모두가 사이비라고 비아냥거릴 때 자기의 모든 것을 그곳에 의탁하게 되며, 썩은 동아줄을 잡고도 하늘로 무사히 올라갈 것으로 믿게 되는 것이다.

내 생각은 모두 틀릴 수 있다. 그러나 내 생각이 틀릴 수 있다

---

18 대한성서공회, 『개역개정 성경』, 마가 8:34

는 그 생각은 틀리지 않다. 어느 철학자의 말처럼 어떤 것을 진리라고 믿게 될 때 그것이 진정한 진리인지 의심해 보아야 한다. 마찬가지로 내 생각이 확실하다고 믿게 될 때 그것은 진정 내 생각인지 의심해 보아야 한다.

아무리 좋은 말이라고 하더라도 일단 내 뱉어졌을 때 그것은 어떤 파장을 일으키게 되고 듣는 사람으로 하여금 번민에 싸이게 만든다. 말은 말을 양산시킨다. 그렇게 하여 더 큰 파도를 만들어 내고 결국 자기 자신은 그 속에서 허우적거리게 된다. 그럼에도 불구하고 사람이 끊임없이 말을 해대는 이유는 무엇인가?

말은 자기 생각이지 다른 사람의 것일 수는 없다. 그럼에도 불구하고 다른 사람 생각을 많이 하게 되고, 그것은 그 사람을 위한 것이라는 착각을 불러일으킨다. 그 생각은 신념이 되고 점점 강해졌을 때 더 이상 내 입속에 머무르지 않고 서슴없이 그 사람에게 나아가는 것이다. 부모들은 자녀들에게 '다 너 잘되라고 하는 말이야.'라고 충고한다. 하지만 그것은 부모 자신의 생각일 따름이다.

『이기적 유전자』에서 지적하는 것처럼 사람은 태생적으로

이기적일 수밖에 없다. 어떤 생명체건 그것은 스스로 살아남기 위하여 끊임없이 발버둥치고 있다. 그렇기 때문에 인류는 지금까지 존속할 수 있었다. 사람은 이타적으로 살 수 없다. 그것은 삶을 배신하는 일이다. 이타적이라는 말은 자기 존재를 부정하는 것이 되고 결국 생명의 소멸을 의미한다.

하지만 반대로 사람들은 이기적인 자신을 직시하는 것을 괴로워한다. 이러한 의지는 세상을 바라보는 시각을 굴절시켜 왜곡된 자아를 형성한다. 가장 이타적인 사람이 가장 이기적인 사람이라는 말이 있다. 이것은 자기에게 필요 없는 것을 주고 진정으로 원하는 것을 획득하는 현상을 적절히 표현한 것이다. 일반적으로 사람들은 물질적인 풍요를 좋아한다. 그러나 일부 사람들은 명예를 더욱 소중하게 생각한다. 그렇기 때문에 명예를 위해서 돈이나 권력을 포기할 수 있다. 소위 이타적인 행동을 하는 사람들은 다른 사람들의 사랑이 여타의 것들 보다 더욱 소중하기 때문에 그것을 과감히 나눌 수 있다. 그리고 그들이 덜 소중하다고 생각하는 바로 그것이 일반적으로는 대단히 귀중한 것으로 여겨진다.

모든 행위는 그 자체로서 문제를 내포하지는 않는다. 문제는 그것을 바라보는 시각의 왜곡이다. 이타적인 사람들은 모든 것이 나 아닌 다른 사람을 위한 것이라는 착각을 하게 된다. 그러나 그것을 깊이 따지고 들어가 보면 실질적으로는 자기 자신을 위한 일이다. 그것은 다른 사람으로부터 더 큰 사랑을 받고 싶다는 욕구의 표출인 샘이다. 일반인들로서는 감히 상상하기 힘든 욕구이기도 하다. 그렇기 때문에 사람들에게 존경의 대상이 된다. 또한 그렇기 때문에 더 큰 자기 왜곡을 일으킨다.

우리 주변에 다른 사람을 끊임없이 배려하고 자기 자신은 전혀 돌보지 않는 사람이 간혹 있다. 그들은 다른 사람을 배려하지 않는 것을 견디지 못한다. 그것은 다른 사람을 사랑해서라기보다는 타인으로부터 거부당하지 않고자 하는 욕구의 표출인 경우가 있다. 여기서 타인을 배려하는 행위 자체는 문제가 되지 않으나 그것이 마치 진정으로 타인을 위한 행위인 것처럼 착각하는데 문제가 있다.

나는 나 자신을 위해서 살고 있다. 이것은 변하지 않는다. 삶은 그것이 이타적이건 이기적이건 상관없이 그 행위를 통해서 '진리'를 발견하지 못한다면 그것은 아무것도 아니다. 성경에 '내가 사람의 방언과 천사의 말을 할지라도 사랑이 없으면 소리 나는 구리와 울리는 꽹과리가 되고 내가 예언하는 능력이 있어 모든 비밀과 모든 지식을 알고 또 산을 옮길 만한 모든 믿음이 있을

지라도 사랑이 없으면 내가 아무 것도 아니요. 내가 내게 있는 모든 것으로 구제하고 또 내 몸을 불사르게 내줄지라도 사랑이 없으면 내게 아무 유익이 없느니라.'라는 구절이 있다. 이 '사랑'이란 무엇인가? 그것은 우리가 쉽게 상상하는 로맨틱 러브가 아니다. 더 나아가 안쓰러움도, 자선사업도 아니다. 사랑은 영혼의 발견이며 진정한 합일이다. 이기적 육체를 지닌 사람으로서는 도저히 도달할 수 없는, 그렇기 때문에 죽을 수밖에 없는 지극한 경지인 것이다.

우리들은 살면서 무수한 파도를 만들어 낸다. 내가 만들어낸 말 한마디는 다른 사람 마음에 도달하여 비수가 되기도 하고 흥겨운 춤이 되기도 한다. 상대방이 만들어낸 파장이 내 마음에 도달했을 때 내 마음의 배는 그 파도를 타고 출렁이기 시작한다. 때로는 즐거움으로, 때로는 분노로, 기쁨으로, 슬픔으로 나를 저울질 한다.

내가 그 파도에 흔들리지 않기 위해서 나는 말하는 사람의 입을 막아버릴 수도 있다. 그러나 그것은 미봉책에 지나지 않는다. 내 앞에서는 아무 말도 하지 않는다 해도 내가 없는 자리에서 다른 사람과 뒷 담화를 나눌 수 있다. 이렇게 해서 돌고 돌아 내

귀에 들어온 그 말은 오히려 성난 파도가 되어 나를 뒤집는다.

근본적으로 내가 할 수 있는 유일한 일은 내 마음의 배를 넓고 안전하게 만드는 것이다. 거센 폭풍우와도 맞서 싸울 수 있는 넉넉하면서도 편안한 배를 건조할 필요가 있다. 또한 파도를 타고 넘을 수 있는 항해술을 익혀야 한다. 파도는 어떤 사람에게는 고난의 시초이지만 윈드서핑을 하는 사람에게는 쾌락의 도구가 된다. 파도는 분명 나를 힘들게 하지만 결국 자신을 강하게 단련시키는 조교가 된다.

발명

필요는 발명의 어머니라고 한다. 그러나 역으로 발명은 필요를 창출한다. 없어도 상관없지만 누군가가 발명해 놓은 것은 유용하게 사용된다. 현대 사회는 필요를 만족시킬 뿐만 아니라 필요를 앞서 만들어 낸다. 이제 사람들이 필요로 하는 것은 거의 다 충족되었기 때문에 더 이상 팔아먹을 것이 없기 때문이다. 그러므로 실제로 필요하기 보다는 필요할 것 같은 것까지 나아가게 된 것이다.

자본주의 사회에서 소비는 미덕이다. 기업들은 끊임없이 필요를 창출하기 위한 발명을 독려한다. 소비하지 않으면 재화의 유통은 멈추게 되고 그렇게 되면 경제는 끝장난다. 소비가 적으니 당연한 결과이다. 그러나 장기적인 관점에서 볼 때 절약만이 우리가 발 딛고 살 이 땅, 지구를 보전할 수 있는 길이다.

'소비가 미덕이다.'라는 주장은 실물 경제가 아닌 화폐 경제를 지향하는, 즉 소수 자본가들의 논리이다. 생존에 꼭 필요한 것들만 소비하게 된다면 분명 우리의 생활은 윤택하기 보다는 궁핍해질 것이다. 자동차가 사라지고 전기도 없어진다. 따뜻한 집도 풍족한 먹거리도 없다. 더 나아가 의료도 열악해져 오래 살 수도 없다. 생각만 해도 끔찍한가? 그러나 최소한 우리는 이 지구를 보전하고 '살 수' 있다. 말 그대로 생명의 보전이다. 이렇게 편의 지향적으로 살다가는 결국 이 지구상의 모든 자원을 소진하고 자폭하는 길 밖에 없다. 우리의 지구는 무한한 존재가 아니기 때문에 끝없는 소비를 끝까지 만족시킬 수는 없다.

신체 중에 머리는 대단히 중요한 위치를 차지한다. 머리는 맨 꼭대기에 있다. 생각은 몸을 움직인다. 지식중심 사회에서 두뇌는 희소성이 가장 높은 부분이다. 창의성은 인간이 도전해야 할 마지막 단계인 것이다.

그러나 원칙적으로 본다면 두뇌는 몸의 요구에 따라 생각한다. 배가 고파야 사냥할 생각을 한다. 비가 와서 몸이 젖으면 피할 생각을 하고 추우면 따뜻한 곳을 찾는다. 불편하면 보다 안락한 자리를 찾을 궁리를 한다. 그러므로 어떤 필요는 생각의 자극제가 된다.

그러나 두뇌의 비중이 급속도로 증대된 현재는 몸의 요구보다 앞선 생각을 강요한다. 본래 몸을 관찰하던 뇌는 이제 있지도 않은 미래를 상상하게 된다. 이것은 깨달음에 있어서 재앙과도 같은 일이다. 실재하는 자기 자신을 보지 못하고, 현존하지는 않지만 나타날 것만 같은 허상을 쫓게 된 것이다.

과거, 현재, 미래라는 시간에 대한 패러다임은 우리가 과거에서 출발해서 미래로 나아가는 것 같은 느낌을 자아낸다. 그러나 과거나 미래라는 어떤 시간적 공간은 존재하지 않는다. 내가 과거에서부터 미래로 나아가는 것은 아니다. 오히려 그 시간이라고 이름 붙여진 경험은 내 몸속에 쌓이게 된다. 나는 그 시간들의 총합이다. 나는 눈에 보이는 육체라는 껍데기뿐만 아니라 내가 지내온 삶 그 자체이다.

현대인들보다 과거인들이 최소한 깨달음-그것을 철학이라고 거창하게 포장하지만-에 있어서 더 앞선 것은 그들이 생각을 뒤에 세우고 행동을 앞장서게 했기 때문이다. 그들은 철저히 자기 성찰적이다. 깨달음이라고 하는 것은 자기 성찰을 통해서 발현된다. 있지도 않은 미래를 아무리 걱정한다고 하더라도 그는 깨달을 수 없다. 노자가 말한 무위자연은 원시 자연을 의미하기보다는 인간 육체의 본성을 따라 가고 있는 그대로의 삶을 받아들이라는 뜻으로 해석된다. 즉 미래를 염려하는 생각이 현재를 지배하지 않도록 하라는 것이다. 현재에 충실하라는 의미는 지금 돈 벌고, 먹고 살고, 그래서 무엇을 준비하고, 하는 삶이 아니라 다만 현재 내 몸에서 일어나고 있는 모든 현상들에 집중하라는 의미다. 그랬을 때 진지한 성찰은 가능하고 깨달음은 일어나는 것이다.

인간은 오래 전부터 하늘을 나는 꿈을 꾸어왔다. 그것은 단지 모험적 충동에서 나온 것은 아니다. 인간은 영적인 존재이고 영은 가벼워서 하늘을 자유롭게 날아다닌다. 자유를 향한 의지는 인간의 본성이다. 땅으로부터의 자유, 어떤 것에도 얽매이지 않은 절대 자유는 그렇게 추구되어왔다.

생각도 또한 가벼워서 언제나 공중에 붕붕 떠있다. 그러나 육신을 떠나서는 존재할 수 없다. 그렇기 때문에 우리는 그 몸에서 자유롭기 위해서 도리어 그 몸에 집중해야만 한다. 떠오르는 생각을 가라앉히고 '내 몸'이 '내 영'을 어디로 인도하는지 지켜봐야 한다. '내 몸'은 '내 영'을 데리고 가는 인도자이다. 인도자를 놓치면 나는 길을 잃게 되고 돌아갈 본향을 영영 놓치게 된다.

생각이 자기 맘대로 날뛰게 방치해서는 안 된다. 그것은 마른 바닥에서 뛰면 생기는 먼지와도 같다. 먼지는 나를 괴롭게 할 뿐 실질적인 소득은 주지 않는다. 이렇게 하면 좋을까, 저렇게 하면 좋을까 방황하지만 몸이 요구할 때까지 아무것도 하지 않는 것이 좋다. 그렇지 않고 생각대로 먼저 움직이게 되면 먼지만 일으키는 꼴이 된다. 생각은 살기 위해서 뛰지만 결국 죽음의 길로 인도한다. 동물적 감각은 다 자기가 무엇을 해야 할지 알고 있다. 비를 예측하는데 개미보다 정확한 슈퍼컴퓨터가 없고, 배의 침몰을 예견하는데 쥐보다 영리한 사람은 없다. 그들은 본능적으로 자기가 살 길을 찾아 떠난다. 그러나 인간은 그 무수한 먼지와도 같은 생각들-돈과 명예와 권력-때문에 정확한 판단을 내리지 못하고 그 자리에서 죽는다.

헛되다

"전도자가 이르되 헛되고 헛되며 헛되고 헛되니 모든 것이 헛되도다."[19]

전도자의 말이다. 무엇이 그렇게 헛될까? 이 세상에 이뤄지는 모든 일이 헛되다. 부자가 되는 것, 권력을 갖는 것, 심지어 지혜롭게 되는 것조차도 헛되다. 그것은 오로지 삶의 한 부분일 따름이다. 삶은 가지려고 해서 주어지는 것이 아니고 싫다고 해서 버려지는 것도 아니다. 다만 삶이라는 것은, 생명이라는 것은 쟁취하는 것이 아니라 때에 맞춰서 주어지는 것이다.

봄이 오면 누가 시키지 않아도 새싹이 돋아나고 가을이 오면 누가 강요하지 않아도 씨를 맺는다. 생명은 태어나면서부터 죽어간다. 죽음은 누구도 피할 수 없는 운명이다. 그럼에도 불구하고 사람들은 영원히 살 것처럼 그렇게 바삐 인생을 달려간다. 어짜피 끝나는 지점이 저 앞에, 그리 멀지도 않은 곳에 기다리고

---

19 대한성서공회, 『개역개정 성경』, 전도서 1:2

있는데 빨리 달려갈 이유는 무엇인가? 다만 여유롭게 인생을 즐기면서 천천히 당당하게 걸어가는 편이 낫지 않을까?

인생을 아무리 영화롭게 살았다고 하더라도 그것을 통해 의미를 깨닫지 못했다면 그는 헛된 삶을 산 것이다. 어려운 고난을 다 이겨내고 값진 승리하였다 하더라도 그 의미를 깨닫지 못했다면 그것은 헛된 것이다. 가르침이란 항상 배움을 전제로 한다. 학생은 그것을 이해해야지 단지 줄줄 외우기만 한다고 배운 것은 아니다.

삶의 의미를 깨닫는 것은 인생의 유일한 과제이다. 각자 주어진 삶을 통해서 배워야만 한다. 어떤 삶을 동경하고 그 삶을 쟁취하는 것이 아니라 나에게 주어진 삶을 나의 삶으로 살며, 다른 누구와 비교하지 않고 그것 자체에 집중함으로써 나는 깨달음에 한 발짝 다가설 수 있다.

깨달음은 삶에 대한 이해이다. 삶은 곧 나 자신의 발자취이며 그것은 곧 나는 누구인가를 깨닫도록 돕는다. 육체적이고 물질적인 '나'뿐만 아니라 정신적이고 영혼인 '나', 손에 잡히고 눈으로 볼 수 있는 '나'뿐만 아니라 볼 수도 없고 만질 수도 없는 '나'를 발견하는 것이다.

이해란 알고 있는 '나'에서 모르는 '나'로 나아가는 것이다.

모르는 '나'를 알려고 하고 결국 그 모르는 '나'가 될 수 있을 때 진정한 이해를 할 수 있는 것이다.

이해하지 못하는 학생에게 값비싼 강의가 무용지물이듯이 삶을 이해하지 못하는 사람에게는 휘황찬란한 혹은 변화무쌍한 인생이 값어치가 없다. 아무리 귀중한 보석이라도 그것을 알아보지 못하는 사람에게는 한날 길거리의 돌멩이에 지나지 않는다. 마찬가지로 삶을 이해하지 못하는 사람은 현재 내가 살고 있는 이 시간이, 이 배움이 얼마나 소중한 것인지 깨닫지 못한다.

우리는 어떤 삶을 추구하고 또 어떤 삶은 회피해야 하는 것은 아니다. 그것은 늘 가르침의 필요에 따라서 때에 맞춰 내 앞에 와 있기 때문이다. 학생은 그 수업이 왜 필요한지 모르고 교실에 앉아 있지만 선생은 학생이 배우기 적절한 시기에 적당한 과제를 제시한다. 학생은 단지 자신에게 주어진 과제를 오물닥 조물닥 해내는 것이 목표는 아니다. 과제는 하나의 현상일 뿐 그것을 통해서 정신의 성장이 일어나야 진정한 성공이라고 할 수 있다.

주어진 삶을 내가 어떻게 할 수는 없다. 곧 죽을 것 같은 사람이 10년 20년 연명할 수도 있고 건장하게 오래 살 것 같은 사람이 하루아침에 죽는 것은 누구도 합리적으로 설명할 수 없다. 다만 운명이라는 것은 이처럼 허무맹랑한 것이다. 조선의 왕들을 보면 적자가 그 왕통을 이어받은 경우가 거의 드물다. 아무리 생각해도 왕이 될 기회를 얻지 못할 것 같은 사람이 결국 그 자리에 앉게 된다. 그리고 왕이 되었으면 좋았을 사람은 죽임을 당한다.

나는 오늘 나의 삶을 어떻게 대할 것인가? 내가 삶을 앞서가기 보다는 삶이 나를 어디로 이끄는지 편안한 마음으로 지켜봐야겠다.

목적과 목표

사람은 목표지향적인 삶을 살 때 활기차 보이고 뭔가를 성취하는 것만 같은 느낌을 받기 때문에 보람 있게 생각하는 경향이 있다. 그러나 그것은 끝없는 여행과도 같아서 하나의 목표를 달성한 후에 밀려오는 공허함은 떨쳐 버릴 수가 없다. 그래서 끊임없이 새로운 목표들을 향해 달려가게 되고 또 달려가려고 노력하지만 마침내 삶에 지쳐 떨어지게 된다.

무엇을 해야겠다고 하는 목표를 세우기 전에 왜 이것을 해야만 하는지 목적을 찾는 것이 선행되어야 한다. 삶의 이유는 삶을 살아가는 연료가 된다. 학생이 공부를 하고 직장인이 일을 한다고 했을 때 그 이유가 분명하지 않은 경우 중도에 포기할 확률은 높아진다.

하나의 목표는 다음 목표로 나아가기 위한 중간자적 역할을 한다. 그렇기 때문에 다음 목표는 현재 목표에 대하여 목적이 될 수 있다. 가령 중학교는 고등학교를 진학하기 위해서, 고등학교는 대학교를 진학하기 위해서 존재할 수 있는 것이다. 그러나 그것은 공부라는 큰 틀에서 하나의 목표가 되고 그것을 해야만 하는 궁극적인 이유를 찾아내지 못한다면 학업을 지속시키기에 어려움을 느낄 수 있다.

우리가 하는 모든 행위들은, 그것이 공부가 되었든 일이 되었든 사랑이 되었든 우정이 되었든, 인생이라는 긴 여정에 포함된 일련의 움직임이며 그것은 궁극적으로 하나의 물음으로 귀결된다. 우리는 왜 살아야 하는가? 인생이란 무엇인가? 그리고 나는 누구인가?

삶의 의미를 깨닫기에 너무 빠른 나이도, 너무 늦은 나이도 없다. 그것은 남녀노소를 불문하고 언젠가는 꼭 대답해야만 하는 근본적인 과제이다. 그러나 사람들은 그 삶 자체가 너무 힘겨운 나머지 그것을 통해서 무엇을 성취해야 하는지, 본래 삶이라는 것이 어떤 이유에서 주어졌는지 망각하고 살고 있다. 그리고는 죽을 때가 되어서야 삶을 헛살았다 후회하기도 한다.

삶의 의미는 매 순간 우리 곁에 존재하지만 그것을 발견하기란 여간 어려운 일이 아니다. 그렇기 때문에 주어진 삶을 통해서 삶의 의미를 발견하는 훈련을 해야만 한다. 산약초를 캐는 사람들은 일반인들의 눈에는 잡초처럼 보이는 것들 속에서 약초를 가려낸다. 심지어 산삼이 눈앞에 있다고 일러 줘도 그냥 지나칠 정도로 일반인의 눈에는 잘 띄지 않는 것은 그것에 대한 관심과 훈련이 부족하기 때문일 것이다.

인생의 의미는 그 어떤 보석보다도 찬란하고 그 어떤 기쁨보다도 더 짜릿하다. 삶의 의미가 주는 완전성은 이 세상에 존재하는 그 어떤 것과도 바꿀 수 없는 소중한 것이다. 그렇기에 공자는 '아침에 도를 들으면 저녁에 죽어도 좋다.'고 할 만큼 간절히 바라고 또 바란 것이다.

그렇지만 인생의 의미는 발견되어야지 부여되어서는 안 된다. 인생에 있어서 수 없이 일어나는 사건들은 각각의 의미를 지니고 있다. 우리는 그것들을 가만히 들여다봄으로써 참 의미를 찾아낼 수도 있다. 그러나 사람들은 너무나도 성급한 나머지 그 의미가 수면 위로 떠오르기까지 기다리지 못하고 각자 나름의 의미를 부여하기 시작한다.

사람들의 인생마다 그 의미의 크기는 다르지 않다. 나의 의미가 타인의 의미보다 더 중요하다고 말할 수는 없는 것이다. 사람들은 이 세상을 살아야 하는 이유를 '무엇인가를 성취하는'데에 두는 경향이 있다. 그래서 우리의 아이들에게 '너는 훌륭한 사람이 되어야 한다.'라든가 '어떤 일에든 뛰어난 사람이 되어라.'라는 진심어린 충고를 하는 것이다. 하지만 위대한 사람이 더 많은 삶의 의미를 가지는 것도 아니고 평범한 사람이라고 해서 더 가벼운 의미를 소유하는 것도 아니다. 다만 그 인생의 무게는 동일하며 그것은 영혼의 무게와도 같은 것이다.

또한 그 시기에 있어서 누가 더 빨리 발견했느냐 하는 것을 가지고 경쟁할 수도 있다. 현대와 같이 가속화 되어있는 시대에서는 특히 '시간은 금이다'라는 말과 같이 누가 빨리 도달하느냐에 대해 대단히 큰 의미를 부여하는 것이다. 그러나 시간을 다툰다고 하여 더 잘 한 것도 아니고 일찍 발견했다고 해서 더 뛰어난 것도 아니다. 다만 주어진 것을 가지고 얼마나 완벽하게 도달했느냐 하는 것이 관건이다.

각자 경험하고 살아가는 인생을 통해서 그 의미를 발견하기란 대단히 지루하고 고통스러운 일인 것은 분명하다. 한때는 이것이 진정한 의미라고 믿어 의심치 않았던 것이 어느 순간 여지없이 무너져 버리고 완전히 백지 상태에서 다시 시작해야만 하는 지경에 이를 때가 많다. 그렇기 때문에 우리는 이미 내려진 의미가 잘못되었다는 점을 인정하기가 쉽지 않다. 그것은 '처음부터 다시'를 의미한다.

어떤 기술이든 단번에 습득할 수 없듯이 삶의 의미를 발견하는 것도 하나의 기술과 같아서 되풀이되는 실수와 무한한 반복을 통해서 진정 고수다운 의미를 발견할 수 있게 된다. 아무리 숙

련된 도자기공이라고 하더라도 한순간의 방심으로 작품을 망칠 수 있다. 그렇다면 그는 대담하게도 잘못된 그릇들을 손수 망치로 깨부수며 다음번에는 제대로 된 도자기를 구워내겠다는 다짐을 하는 것이다.

퀴즈 프로그램을 보다보면 약간의 힌트만으로도 정답을 유추해 내는 아주 훌륭한 도전자를 볼 수가 있다. 그러나 그런 것은 어쩌다 한번이고 대부분은 거의 끝까지 문제의 내용을 숙지 한 다음에야 답을 말할 수 있다. 그것도 때때로 틀리는 경우가 있다.

우리는 인생을 진지하게 바라볼 시간적 여유를 가지지 못했기 때문에 그 의미에 대해서 확실한 답을 내리기를 어려워한다. 그것은 아직도 내공이 부족하다는 것을 의미하며 그것을 단련시키기 위하여 더 많은 노력을 기울여야 하는 것이다.

또한 인생의 의미는 단지 한 가지 사건에만 국한되는 것이 아니라 이것과 저것 그리고 대다수 연관성이 없어 보이는 현상들까지 포함하여 발견해야하는 어려움이 있다.

가르침이라는 것은 평이한 것에 있기 보다는 좀 더 복잡하고도 괴로운 상황에 있는 것이다. 만약 내가 처한 상황이 꼬이고, 짜증이 나고, 심기가 불편해 지고 있다면 그 속에는 반드시 어떠한 깨달음이 존재할 가능성이 높다. 사실은 평화로운 시기에도 그 의미는 내재되어 있으나 안일한 마음가짐 때문에 그것은 발견되지 못할 가능성이 높다. 하지만 어떤 부분에서 툭 불거져 나오며 마음을 불편하게 만들었다면 그것은 좀 더 쉽게 발견될 확률은 높아진다. 그것은 일종의 힌트라고도 볼 수 있다.

이러한 노력을 기울이지 않고 쉽게 의미를 부여하게 된다면 그것은 흙 위에 콘크리트를 붓는 것과 같다. 그 의미를 공고히 하면 할수록 콘크리트의 두께는 두꺼워지며 급기야는 도저히 걷어낼 수 없을 정도가 되는 것이다. 길가에 아스팔트 사이로 비집고 나오는 잡초를 본 적이 있는가? 그 생명력은 죽지 않아서 조그만 틈바구니라도 뚫고 나올 수 있다. 그러나 그것을 너무나 과도하게 메워버린다면 더 이상 의미의 씨앗이 발아할 수 있는 가능성을 상실하게 된다.

선물

선물이 갖는 신비한 느낌은 그것의 정체가 무엇인지 알지 못함에서 나온다. 그리고 그것이 내 생활에 꼭 필요했거나 혹은 내 기대에 부합했을 때 기쁨은 배가 된다. 그러므로 선물의 묘미는 앎에서가 아니라 모름에서부터 시작된다. 만약 선물이 무엇인지 알게 되었다면 그야말로 김새는 일이 아닐 수 없다. 선물은 보안이 생명이다.

인생은 그 앞을 알 수 없다는 점에서 선물과 같다. 모르기 때문에 불안하지만 동시에 감동을 받을 수도 있다. 그러나 우리는 선물로 주어진 인생에 대해서 별 감흥이 없다. 그것은 선물이 갖는 특별함에서 벗어나 항상 존재할 것으로 기대하는 일상적인 생활에 기인한다.

그 누구도 자기에게 무한의 시간이 존재할 것으로 여기지는 못할 것이다. 나에게 주어진 시간은 제한적이며 지구에서의 삶이라는 것은 반드시 종착점이 있다. 그런 의미에서 인생은 언제나 나와 함께하는 것이 아니라는 점을 상기할 수도 있다.

그리고 또한 현재는 두 번 다시 반복되지 않을 유일무이한 시간이다. 지구가 태동한 이래 별들은 동일한 위치에 있었던 적이 없었다고 한다. 그래서 천문학자들은 별의 위치를 통해 과거의 시간들을 관측한다.

사소하지만 작은 변화들은 무한히 진행되고 있다. 그러나 너무나 바쁜 우리들은 빠르게 지나가는 속도 속에서 작은 변화들은 무시하고 자신들의 관념 안에 매몰되고 있다. 작은 차이들은 큰 결정을 내리는데 전혀 영향을 미치지 못한다. 그리고 그러한 이유 때문에 인생에서 주는 묘미를 느끼지 못하고 무의미한 존재로 살아가게 된다.

차이는 큰 것에 있지 않고 작은 부분에 있다. 음식을 할 때 기본 조리법은 동일하지만 그것을 더욱 맛깔스럽게 하는 단 하나의 비법은 존재하는 것이다. 동일한 제품인데 어딘지 모르게 어색하게 보이는 것은 그것의 기능이 달라서가 아니라 세밀한 마무리에 있는 경우가 많다.

어제는 라디오 소리에 잠을 깼지만 오늘은 피아노 소리를 들으며 일어난다. 어제는 그렇게 시끄럽게 지저귀는 새소리가 있었지만 오늘은 너무나도 고요하다. 그 누구도 새 시간을 선물받지 헌 시간을 받는 사람은 없다. 그럼에도 불구하고 그것을 헌옷 취급하는 것은 대단히 무례한 일이 아닐 수 없다.

바쁜 일상이지만 잠깐 일손을 놓고 내 주위에서 일어나는 작은 변화들에 관심을 기울여 보자. 그렇다면 그 전에는 느끼지 못했던 수없이 많은 감동을 선물로 받을 수도 있을 것이다.

무엇이 중요한가?

사람들에게 이 세상은 중요한 일로 넘쳐난다. 처음 태어났을 때 엄마 얼굴 알아보는 것은 중요하다. 돌이 지나면서 걷는 것이 중요하고 말을 하는 것이 중요하다. 유치원에 입학하면서 글을 읽는 것이 중요하고, 학교에 들어가서 좋은 성적을 얻는 것이 중요하다. 중학교는 좋은 특목고, 고등학교에서는 명문대, 대학교에서는 대기업에 취직하는 것이 중요하다. 취직 후에는 결혼이, 결혼 후에는 자식이 중요하다. 결국 때에 맞춰 중요한 일들은 내 눈앞에서 사라지지 않는다.

세상에서 진정 중요하고 가치 있는 일은 무엇인가? 그것은 내가 누구인지 알고 그것을 깨달아 가는 것이다. 인간의 육체는 여러 가지 기능들이 한 치의 오차도 없이 다 제 기능을 다하고 있는 것이 신비로운 것이 아니라 이 조밀한 육신 속에 우주를 담아 놓을 수 있다는 것이 신기할 따름이다. 우리는 본래 우주의 품성을 지니고 있으되 그 본 모습을 잊어버리고 다만 물질 수준에서 살아가고 있다. 그러나 그것이 나의 진면목이라고 말할 수는 없을 것이다. 그 속에 감추어진 나는 다시 태어날 날을 기다리고 있다. 오랜 잠속에서 꿈을 꾸고 있다고나 할까.

나는 누구인가 곰곰이 생각에 잠겨 있노라면 나의 모든 행동들은 이상하게 느껴진다. 생각 없이 행동할 때는 한없이 자연스럽다가도 이렇게 생각이 깊어지면 마치 다른 사람이라도 된 것처럼 나를 대할 수 있게 된다. 나는 누구인가, 나는 누구인가, 나는 누구인가. 그 누구도 시원한 대답은 내게 내려줄 수 없다. 타인은 내가 아니므로 나를 모르고, 나는 나이므로 객관적인 나를 모른다. 결국 나를 온전히 알 수 있는 방법은 나이면서 내가 아닌 존재로서 나를 바라보는 것뿐이다.

인간은 한낱 미물에 지나지 않으면서 세계를 지배하려고 든다. 하루살이의 생이 20시간이라고 할 때 어떤 하루살이가 22시간을 산다고 해서 그 생이 더 특별하다고 말할 수 있을까? 그것은 한 시간이든, 두 시간이든 설혹 하루를 더 산다고 하더라고 인간의 관점에서 별다른 감흥을 불러일으키지는 못할 것이다.

사람의 수명이 80이라고 할 때 하루살이의 1시간은 인간의 4년과 맞먹는다. 사람이 4년을 더 산다고 하면 엄청 대단한 일이라고 생각할지도 모르겠다. 그러나 그것은 우주적인 관점에서 볼 때 하루살이의 1시간과 별반 다를 것이 없다. 사람은 다만 사람의 눈으로만 세계를 분별하기 때문에 사람이 미물에 지나지 않음을 발견할 수 없다. 그러나 조금만 시선을 넓혀 달의 관점에서 혹은 어떤 행성의 관점에서 우리 자신을 바라본다면 그 실체를 조금이나마 느낄 수도 있을 것이다.

소유

사람은 자기 삶을 변화시키지 않고서도 행복해질 수 있다. 나와 비슷한 처지에 있는 사람들 사이에 있을 때 나는 편안한 생활을 할 수 있다. 나보다 나쁜 상황에 있는 사람들과 함께 있을 때 안도의 삶을 살 수 있다. 나보다 좋은 상황에 있는 사람들 속에 있을 때 나는 비참해질 수 있다. 사람은 비교를 통해서 행복감을 느낀다.

처음 차를 샀을 때를 생각해 보자. 아무리 중고차라고 하더라도 처음 맞이하는 그 차는 자기의 애마로서 충분한 가치를 지닌다. 그러나 그 차를 몰고 거리로 나갔을 때 내 옆을 지나는 수많은 고급 세단을 보면서 한없이 사랑스러웠던 그 애마는 순식간에 조랑말이 되고 만다. 나는 왜 저런 차를 탈 수 없을까? 그런 생각이 드는 순간 비참한 생각마저 든다. 사람에게는 항상 상승 욕구가 내재되어 있으므로 나와 비슷한 처지에 있는 사람들은 눈에 들어오지 않는다. 다만 나보다 나은 부자들만 내 관심사에 머무른다.

아무리 좋은 차를 타고 다닌다고 하더라도 그보다 더 좋은 차는 항시 존재한다. 그러므로 그런 사람들의 부류는 언제든지 비참해질 준비가 되어있는 것이나 다름없다. 그러나 자기 자신보다 조금 못한 사람들 틈에 끼어 사는 사람들은 언제나 작은 것을 가지고 행복해질 수 있다.

이와 같이 소유의 문제는 언제나 완벽하게 해결될 수 있는 성질의 것이 아니다. 지식도 마찬가지이다. 지식을 소유하려 들다 보면 그것에 대한 허기짐은 항시 느껴진다. 아무리 열심히 공부해서 고급 전문 지식을 쌓았다 하더라도 최고의 권위자 앞에서는 한없이 작아지는 것이다. 그것은 내가 모르는 것을 그가 알고 있다는 관념 때문이다.

사람들은 누구나 자격지심, 즉 콤플렉스를 가지고 있다. 이것은 나를 다른 사람과 비교하는데서 오는 불행한 감정이라고 말할 수 있다. 자기가 가지고 있는 많은 부분을 가려둔 채 오로지 소유하지 않은 작은 부분에 집착함으로써 얻은 병이다. 어떤 사람들은 객관적으로 봤을 때 전혀 부족함이 없을 것만 같은데 자기는 못났고 불행하다고 착각하며 살아간다. 그러나 모든 사람에게는 부족한 점이 샐 수 없이 많이 존재하며 그것에 치중해서 살다보면 자존감은 추락하게 된다.

반대로 자기가 가지고 있는 것에만 집중하고, 그것으로 인해서 자기만족에 빠져 산다면 발전이 없지 않느냐고 반문할 수 있다. 그러나 문제는 내가 가지고 있느냐 없느냐가 아니라 자신의 처지를 객관적으로 바라볼 수 있느냐에 있다.

지식 소유자와 생각 능력자는 다르다. 소유의 측면에서 바라보자면 이 세상을 모두 다 가진다고 하더라도 여전히 허기질 것이다. 그러나 나름의 차이를 인정한다면 최소한 마음만은 편히 가질 수 있다. 생각 능력자는 지식을 소유의 존재로 바라보지 않는다. 다만 그것을 이용할 뿐이다. 지식을 소유하느냐 이용하느냐는 얼핏 보아 비슷해 보이지만 전혀 다른 결과를 만들어 낸다.

요리사가 많은 재료를 소유했다고 해서 좋은 음식을 만들어 낼 수 없다. 훌륭한 요리사는 주어진 재료들만으로도 맛있는 음식을 조리해 낼 수 있어야 한다. 그렇지 않고 자신의 요리가 맛없는 것을 재료 탓을 하거나 도구 탓을 하는 것은 진정한 장인 정신에 위배되는 것이다.

우리는 못 가졌기 때문이 아니라 내가 가진 것을 보지 못하기 때문에 불행하다. 아무것도 가진 것이 없더라도 당장 병원에 중환자실만 가도 멀쩡하게 내 발로 걸어 다닐 수 있고, 내 손으로 밥 먹을 수 있다는 사실만으로도 행복해질 수 있다. 이렇게 비교에 의해서 행복과 불행을 왔다 갔다 하는 사람이라면 '절대 선'에

이를 수 없다.

이렇듯 행복이란 비교에 의해 느끼는 좋은 감정이다. 자본주의에서는 항상 물건을 팔아야만 하기 때문에 사람들 사이에 비교하는 것을 조장한다. '이것을 가지면 더 좋다. 신형을 가지면 더 편리하다. 더 비싼 것을 가지면 더 행복하다.' 이런 사상을 온갖 매체를 통해 자극한다. 그러면 사람들은 그것을 가져야만 할 것 같고 없으면 어딘가 부족한 점을 느낀다. 그러나 실상 그것은 나에게 별로 쓸모가 없는 것인 경우가 허다하다.

상품은 상점을 떠나 내 손에 닿는 순간 중고가 된다. 그것을 처분하면 큰 손실을 입게 된다. 그러므로 우리 주위에는 쓸데없는 물건들로 넘쳐난다. 이 모든 것을 비우지 않는다면 사람이 살기 위해서가 아니라 물건을 쟁이기 위해서 집을 넓혀야 한다.

행복해지기 위해서가 아니라 불행의 늪에서 벗어나기 위해서 자기 자신을 냉철히 돌아볼 수 있는 능력을 키워야 한다. 객관적 실체로서의 나를 바라볼 수 있는 힘이 바로 생각하는 능력이다. 내가 아닌 타인의 입장, 우리 집단이 아닌 다른 집단, 궁극적으로 인간이 아닌 전 우주적인 측면에서 나를 조명할 수 있을 때 비로소 미물인 형태인 자신은 드러나고 자연의 신비는 이해될 것이다.

소유한다는 것은 곧 자신을 잃는 것이다. 많이 소유하면 할수록 자기 자신으로 살기 보다는 소유물의 것으로 사는 경우가 많다. 가령 애완용 강아지를 한 마리 갖게 되었다고 생각해보자. 그렇게 되면 나는 그를 위해 일정한 시간을 투자해야만 한다. 먹이를 주고 똥을 치워주고 심지어 놀아주기까지 해야만 한다. 시간뿐만 아니라 정신적으로도 많은 할애를 해야만 하는데 아프면 간호해 주어야 하고 강아지를 혼자 두고 멀리 나가게 되면 때때로 그를 생각해 주어야만 한다.

좋은 차를 갖게 되었을 때는 어떨까? 그것이 좋으면 좋을수록 그것에 투자되는 시간은 증가한다. 매일 닦아주고 기름칠해주고 뭔가 특별한 것을 더해주어야만 할 것 같은 강박을 갖게 될 것이다. 그리고 그 차를 위해 전담 인력을 배치할 수도 있다.

차가 있으면 자기가 가고자 하는 곳을 빨리 갈 수 있으니 그만큼 시간을 절약하는 것이 아닌가 하고 생각할 수도 있다. 그러나 차가 있으므로 해서 가지 않아도 되는 길을 수없이 왕래하게 된다. 걸어서 가야 한다면 일단 그곳에서 해야 할 일들을 꼼꼼히 점검할 것이다. 그리고 한 번에 모든 것을 완수하기 위해서 최대한의 노력을 기울일 것이다. 그러나 차가 있어 쉽게 갔다 올 수 있다면 간단하게 생각하고 어떤 일을 한 번에 처리하지 않게 된다.

시골에서 명절 준비를 할 때면 이런 일이 종종 벌어진다. 방금 시장에 가서 뭔가를 사가지고 오라는 심부름을 마쳤는데 다시 저것이 필요하니 사오라는 것이다. 도시에 사는 사람들은 집 앞에 모든 편의시설이 마련되어있으므로 이런 불상사는 일어나지 않을 수도 있으나 시골에서는 자주 있을법한 일들이다.

자신을 소비하는 것은 물질적인 소유보다 명예를 소유할 때 더욱 극명하게 나타난다. 만약 누군가 군수가 되었다고 생각해 보자. 그는 이미 자기 자신으로서의 삶을 포기한 사람이다. 모든 스케줄은 자기 의도와는 상관없이 짜여 진다. 어디서 누구를 만나야 하고 어디에서 연설을 해야 하며 식사는 누구와 해야 한다는 식으로 조종하려 든다. 만약 작은 시군 단위의 단체장이라면 약간의 여유 시간을 가질 수도 있을 것이다. 그러나 우리가 선망하는 더 높은 자리로 올라가면 갈수록 자기 시간은 점점 줄어드는 것이다. 알렉산더 대왕이 거지 철학자 디오게네스를 부러워한 것은 별로 이상한 일도 아니다. 깨어 있는 사람이 원하는 것은 진정한 자유와 독립일뿐이기 때문이다. 그리고 그 자유와 독립은 소유에서가 아니라 무소유에서 더욱 더 만끽 할 수 있다.

불완전체

사람은 완전히 옳거나 완전히 그르지 않다. 그보다는 약간의 정의와 대부분의 불의가 모여진 집합체라고 할 수 있다. 가장 이상적인 형태는 사람들 개개인의 정의를 한데 모아 크게 정의로운 사회 이룩하는 것이다. 그러나 우리들에게는 그 정의를 찾아낼 수 있는 혜안이 부족하다. 그러므로 큰 정의라고 하는 것 속에는 반드시 불의가 끼어있기 마련이다. 사람들이 '이것이 정의요, 저것이 정의요'라고 할 때 그것을 완전한 정의라고 볼 수가 없는 것이다.

오히려 완전한 정의를 만들려고 하는 것 자체가 불완전한 상태를 촉진한다. 우리 몸은 100조개의 세포와 200조개의 세균으로 구성되어 있다고 한다. 세균은 우리 몸을 이롭게 하는 것과 해치는 것으로 나누어 볼 수 있다. 감기에 걸렸을 때 이 세균들을 처치하기 위해 약을 먹는다. 하지만 약은 감기 균에게만 해로운 것이 아니라 이로운 균에게도 영향을 미친다.

암에 걸렸을 때 암세포들을 제거하고 방사능 치료를 하는데 이때 사람의 몸은 거의 멸균상태가 된다. 그렇다면 그 사람은 세균으로부터 해방된 완전히 깨끗한 상태라고 볼 수 있다. 그러나 이러한 사람일수록 면역력은 떨어져서 다시 병에 감염될 확률은 높아진다.

문제는 깨끗한 사회를 만드는 것이 아니라 어떻게 조화롭게 살아가느냐에 있다. 불완전한 존재로서 이 세상을 살아간다는 것은 얼마나 힘겨운 일인가? 그렇기 때문에 우리는 완전체를 꿈꾼다. 그러나 우리는 그것을 완성해서는 안 된다. 그것은 파멸을 의미하기 때문이다. 오히려 약간은 모자란 상태로 남아있는 것이 더욱 현명한 처세일 것이다.

나는 옳지 않다. 아니 옳지 않음이 옳음보다 많다고 해야 정확한 표현일 것이다. 그러나 세균이 세포를 지탱하고 있듯이 불의가 정의를 떠받들고 있다고 생각해야 한다. 내가 옳다고 믿을 때 옳지 않음을 되돌아 봐야 한다.

자본주의 사회에서 우리는 행복을 강요당하고 있다

당신은 행복을 위해서 오늘 무엇을 하고 있는가? 지금 가지지 못한 것을 갖게 된다면, 지금 누리지 못한 것을 할 수 있다면, 지금 목표한 곳에 도달할 수 있다면 당신은 행복해질 수 있다. 당신은 노력하지 않기 때문에 행복해지지 못하다. 그러므로 더욱더 열심히 공부하고, 더 많은 것을 얻기 위하여 충직하게 일해야만 한다. 행복을 위해서 더 많은 돈을 벌어라. 미래의 행복을 위해 현재를 아낌없이 바쳐라. 보다 편리하게, 보다 안락하게 사는 삶을 누려라. 드라마, 뉴스, 영화, 광고를 통해서 그들은 우리를 끝없이 유혹하고 있다. 행복을 추구하라. 이것이 자본주의가 우리에게 던지는 메시지이다.

행복에 대한 기준은 각자 다르다. 자격증 시험을 준비하고 있는데 시험 준비를 많이 하지 못했다. 그런데 다행히 내가 아는 문제만 나와서 쉽게 통과할 수 있었다. 이때 나의 감정은 행복이라고 말할 수 있겠다. 사랑하는 사람과 함께 있을 수 있을 때, 맛있는 음식을 먹을 때, 감동적인 영화를 보고 나서, 지루한 장마

끝에 햇빛이 비출 때 등등 행복의 조건들은 다양하다. 이러한 감정들은 보편적으로 자신의 욕구에 대한 충족이라고 볼 수 있다.

흔히 편지 끝에 '늘 행복 하세요.'라는 문구를 넣는다. 그렇다면 항상 행복하기 위해서는 어떻게 해야 하는 것일까? 가령 사랑하는 사람과 늘 함께 한다면 그 사람은 언제나 행복할까? 그것을 위해서 결혼을 하지만 오히려 불행의 늪에 빠진 것 같은 느낌을 받게 된다. 햇빛이 행복감을 준다고 해서 항상 맑은 날이라면 그것은 더 이상 나를 기쁘게 하지는 못할 것이다.

행복의 감정은 상대적이다. 아파본 사람만이 건강의 중요성을 느낀다. 늙어서야 젊음의 아름다움을 부러워한다. 그래서 '젊음은 젊은이들에게 주기에는 너무 아깝다'라고 말했는지 모른다. 늘 곁에 있지만 그것의 소중함은 나에게서 소멸되어 더 이상 내 곁에 없을 때 가장 크게 느낀다. 부모의 소중함은 돌아가시고 나서야 강하게 느끼는 것이다.

사람은 늘 행복할 수 없다. 그러나 사람들은 이렇게 주장할 수도 있을 것이다. 한꺼번에 크게 성취하는 것이 아니라 어제보다는 오늘이, 오늘보다는 내일이 조금씩 더 나은 삶을 살수 있다면 그것 또한 행복이 아닌가? 그러나 항상 같은 정도로 쾌감이 증가한다면 그것 또한 일상이 되어 그 속에서 더 이상 행복을 느낄 수는 없을 것이다. 성취는 산술급수적으로 증가하더라도 행복감은 기하급수적인 것을 요구한다. 오늘이 어제보다 2배정도 기뻤다면 다음번에는 오늘보다 4배정도 기뻐야 하고 그 다음번에는 16배 기뻐야 한다.

마약이나 술에 취한 사람들을 보자. 처음에는 한잔으로도 족하지만 나중에는 한 병으로도 모자랄 지경이 된다. 결국 그 쾌락 중독에 걸린 사람은 몸이 그것을 이겨내지 못할 때 자의적으로가 아니라 타의적으로 그만두게 된다. 그러므로 이러한 증가추세가 가능하다고 하더라도 그것은 사람을 즐겁게 하기 보다는 미치게 만들 것이다.

우리는 행복과 불행의 파도 속에서 세상에서 배워야 할 모든 것을 경험하고 있다. 불행의 깊이만큼 높은 행복감을 느낄 수 있다. 행복은 우리가 추구해야할 어떤 것이 아니다. 행복할 때 그 기쁨을 맛보면 되고 불행할 때 그 슬픔에 젖으면 그만이다. 부모들은 아이들이 불행한 꼴을 못 본다. 그렇기 때문에 아이들이 불행을 경험할 틈을 주지 않는다. 아니 그렇게 되지 않기를 간절히 희망한다. 그래서 자신들이 경험한 불행을 자녀들은 겪지 않도록 애쓰는 것이다. 그러나 그러한 행위, 즉 아이들에게 불행의 경험을 빼앗는 행위는 그들로 하여금 행복을 빼앗는 행위라는 점을 상기해야만 한다.

성취가 행복의 조건이라면 실패는 불행의 조건이다. 하지만 실패와 실수 없이 성공은 존재할 수 없다. 링컨 대통령, 김영삼 대통령, 김대중 대통령, 노무현 대통령 같은 정치인은 당선이라는 축배를 들기 위해 낙선이라는 쓴잔을 수태 마셔왔다. 에디슨, 아인슈타인, 플레밍 등등 세상의 어떤 과학자도 단 한 번의 실험으로 성공한 사람은 없다. 오히려 실수와 실패를 통해서 새로운 것을 발견한 경우가 많다.

미래의 행복을 위해서 현재를 소비하지 말아야 한다. 다만 지금 나에게 다가오는 그 느낌들을 가만히 들여다보자. 슬픔을 회피하도록 가르쳐서는 안 된다. 화가 나는데 그것을 억눌러서도 안 된다. 그렇다고 해서 그것을 과도하게 표출하라는 말은 아니다. 다만 그것이 어디에서 올라와서 어디로 가는지 그 행로에 관심을 기울이는 것이다. 마찬가지로 행복하다면 그 느낌은 어디에서 와서 어디로 사라지는지 바라보는 것이다.

바로 이것을 위해서 우리들의 공부는 필요하다. 단순히 무엇을 더 알고 어떤 기능을 더 갖는 것이 아니라 자기의 삶을 관조하기 위해서 배워야 한다. 이렇게 관찰력이 깊어진 사람은 무엇이든 알아갈 수 있다. 어떤 기능적인 것들을 습득할 수 있다. 그러나 그것 자체는 목적이 아니다. 자기를 통과하고 있는 삶을 느낄 수 있는 경지에 도달하는 것, 그것이야말로 우리 인생을 통해 이룰 수 있는 가장 즐거운 일인 것이다.

최선

어떤 사람도 인생을 설렁설렁 사는 사람은 없다. 설사 다른 사람의 눈에는 그렇게 보일지는 몰라도 자기 자신에 대해서는 절대 그렇지 않다. 매 순간은 필사의 노력에 의한 결과물이며 그것은 아무리 상황을 되돌린다고 하더라도 그 이상의 노력은 가할 수 없는 것이다.

그럼에도 불구하고 자기가 살아온 삶에 대해 회의를 느낀다면 그것은 온당치 못한 처사일 것이다. 삶은 그 자체로 찬사 받아 마땅하다. 어떤 자동차의 최고속도가 시속 300km라고 한다면 그것은 그 이상의 속도로 달릴 수 없다는 것을 의미한다. 이런 한계를 가진 차에게 시속 320km로 달리지 못한다고 하여 정비소에 수리를 맡기거나 심하게는 폐차를 고려한다고 했을 때 모든 사람들은 정신 나간 소리라고 비난할 것이다.

사람은 모두가 동일한 능력을 가지고 태어나지 않았다. 어떤 부분에서는 뛰어나지만 또 다른 부분에서는 뒤떨어진다. 그러나 한 가지 분명한 것은 우리 모두는 매 순간 자기가 할 수 있는 한도 내에서 최선의 노력을 기울이고 있으며 그것은 더 이상 나아갈 수 없을 정도의 힘을 들이고 있다는 점을 상기해야만 한다.

자신이 최고의 자리에 있지 않음으로 인해서 비관에 빠질 필요는 없다. 아무리 최고의 자리에 이르렀다 하더라도 어느 순간 그 자리는 다른 사람에게 넘겨주어야만 한다. 그 정점에서 떨어지는 낙하 속도는 낮은 자리에 머무르는 사람들이 감히 상상하기도 힘든 삶의 고뇌를 동반한다.

에필로그

글을 퇴고하면서 이 글을 책으로 내도 좋은가 하는 의구심이 든다.

읽으면 읽을수록 부끄러움은 배가 된다.

이 글을 쓴 지가 벌써 10년이 넘었다.

수정을 하자면 처음부터 다시 써야 할 지경이다.

이 글은 주로 새벽에 십 여분 정도 들여 써진 글이다. 내가 글쓰기 훈련을 하면서 도달한 수치다. 빠르게 써 내려간 만큼 글은 거칠게 표현되었다. 하지만 그 순간의 생각에 몰입하자면 글을 쓰는 속도는 오히려 느리게만 느껴진다. 생각은 이미 저만큼 달려가고 있는데 글은 이제 여기에서 투닥거리고 있다.

매 순간 깨달음에 도달하려고 노력했으나 여전히 제자리인 것만 같아 안타까움을 자아낸다. 이런 노력은 아마도 평생에 걸쳐 진행되어야만 할 것 같다. 오늘도 글을 쓰며 고단한 하루를 시작한다.